CW01011557

De purs hommes

Du même auteur

Silence du chœur, Présence africaine, 2017
Terre ceinte, Présence africaine, 2015
(Prix Ahmadou-Kourouma ; Grand Prix du roman métis)

Mohamed Mbougar Sarr

De purs hommes

roman

Philippe Rey | Jimsaan

© 2018, Éditions Jimsaan
Dakar, Sénégal

1

– Tu as vu la vidéo qui circule depuis deux jours?
Je voulais m'endormir ivre de jouissance. C'était raté. Il faut toujours sur cette terre une voix charitable qui vous veuille le plus grand mal : vous ramener à la sobriété. Elle insistait : « Elle est dans presque tous les téléphones du pays. Il paraît même qu'une chaîne de télé l'a diffusée avant d'être interrompue… »

Pas le choix : je revins donc à l'espace de ma chambre, où flottaient les senteurs d'aisselles en sueur et de cigarettes, mais où surtout régnait, étranglant les autres odeurs, l'empreinte appuyée du sexe, de son sexe. Signature olfactive unique, je l'aurais reconnue entre mille autres, celle-là, l'odeur de son sexe après l'amour, odeur de haute mer, qui semblait s'échapper d'un encensoir du paradis… La pénombre s'accroissait. L'heure était passée où l'on pouvait encore prétendre la donner. Nuit.

Pourtant, des éclats de voix au-dehors refusaient de s'évanouir : voici le chœur diffus d'un peuple fatigué, mais qui avait depuis longtemps perdu le goût de dormir. Ils parlaient, si on peut ainsi appeler ces phrases sans origine ni but, ces monologues inachevés, ces dialogues infinis, ces murmures inaudibles, ces exclamations sonores, ces interjections invraisemblables, ces onomatopées géniales, ces emmerdants prêches nocturnes, ces déclarations d'amour minables, ces jurons obscènes. Parler. Non, décidément non, ils bavaient les phrases comme des sauces trop grasses ; et elles coulaient, sans égard, du reste, à quelque sens, seulement préoccupées de sortir et de conjurer ce qui, autrement, leur aurait tenu lieu de mort : le silence, l'effroyable silence qui aurait obligé chacun d'eux à se regarder tel qu'il était vraiment. Ils buvaient du thé, jouaient aux cartes, s'enfonçaient dans l'ennui et l'oisiveté, mais avec un semblant de classe, avec cette hypocrite élégance qui faisait passer l'impuissance pour un choix que d'aucuns, noblement, nommaient dignité. Mon cul. Dans chaque phrase, chaque geste, ils engageaient tout le poids de leur existence, qui ne pesait rien. La balance de leur destin ne frémissait pas. Son aiguille indiquait toujours le zéro, le néant. Le plus terrible était que cette lutte à mort ne se déroulait pas sur une scène grandiose, digne de ses enjeux ; non : elle se passait dans l'anonymat immense de rues sablonneuses, sales, plongées dans le noir. Tant mieux, ils se seraient tous suicidés s'ils s'étaient vus les uns les autres. C'était déjà assez triste comme ça. Ils attendaient. Dieu seul savait quoi. Godot. Les Barbares. Les Tartares. Les Syrtes. Le vote des bêtes sauvages. Dieu seul savait qui. J'avais l'impression que chaque fois que l'un d'eux riait il envoyait en l'air quelque chose, une balise de détresse qui explosait là-haut. Certains trouvent ça admirable : voyez-les donc, ces braves gens! Ils rient malgré tout! Ils défient la mort par leur foi en la vie! L'honneur dans la pauvreté, etc.! Et on s'émeut. On élève au grade de. On leur dresse de majestueux et nobles bustes. Je dis, moi, qu'on n'érige de statues qu'aux morts, aux héros ou aux tyrans. Ces habitants de la nuit, eux, étaient simplement misérables. Avais-je le cœur à démasquer leur courage illusoire?

— Tu m'as entendue?

— Oui, tu parlais de la vidéo.

— Ah! tu l'as vue alors?

— Non. Je ne sais pas de quelle vidéo tu parles.

— Pourquoi dis-tu «la vidéo», alors?

— Je n'en sais rien. Par réflexe.

— Tu ne m'écoutais pas.

— Non, pas vraiment, excuse-moi. Mais j'ai quand même entendu «la vidéo». Laquelle?

— Attends. Je l'ai.

Elle quitta le creux de mon épaule et chercha pendant quelques secondes son téléphone qui s'était perdu entre les oreillers, les draps, la couverture, les habits jetés épars sur le lit, plus tôt, dans la hâte de l'étreinte. Elle revint sur mon torse. La vive lumière de l'écran me brûla les yeux quelques secondes alors qu'elle manipulait le téléphone à quelques centimètres de nos visages. Et plus rien, bientôt, ne fut visible, sauf l'écran.

— Nous filons la métaphore de notre époque. Époque d'aveuglement généralisé, où la lumière technologique nous éclaire moins qu'elle ne nous crève les pupilles, plongeant le monde dans une nuit continue et…

– T'es un intellectuel, coupa-t-elle, impitoyable. Tout ce que tu viens de dire est peut-être même intéressant. Mais j'y comprends rien. Que dalle.

Elle mentait : elle comprenait tout ce que je disais. Mieux : elle parvenait presque toujours à deviner, non, plus encore, à déduire, oui, c'est cela même, déduire tout ce que j'allais dire de la première phrase que je prononçais. Rama. C'était son nom. Intelligence vive et sauvage, dont l'éclat l'embarrassait tant que, par une sorte de honte ou de modestie, elle passait sa vie à la réprimer en société. Mais cela faisait déjà longtemps que je ne marchais plus. Je lui arrachai son masque avec rage.

– Tu mens. Tu mens comme tu respires. Je le sais.

– On se fiche de ce que tu racontes sur l'aveuglement du monde. Si t'es capable de voir que tout le monde est aveuglé, c'est que tu penses ne pas l'être. Tu *vois*, t'es sûr ? Regarde plutôt ça.

Elle lança la vidéo, qui commençait dans ce tourbillon confus de voix et d'images caractéristique des prises d'amateur : il n'y avait aucun élément de contexte, rien que des voix, des silhouettes, des souffles ; l'auteur de la vidéo n'était donc pas seul, il semblait être au cœur d'une forêt d'hommes ; sa main tremblait, l'image n'était pas nette, mais se stabilisait après quelques secondes ; l'individu qui filmait commença à parler – c'était un homme – et il demandait, autant pour lui-même que pour nous qui regardions la vidéo, ce qui se passait, mais personne ne lui répondait. Il leva un peu le bras, en sorte que l'on détaillât mieux ce qui se passait autour de lui, et on vit une foule qui allait, nombreuse, dense. Des voix éloignées s'élevèrent : «Au cimetière ! Allons au cimetière ! – Au cimetière ? pourquoi ?» interrogea l'homme. La vidéo se troublait encore ; on sentait un changement de rythme, un mouvement plus rapide, comme si, pour suivre la foule, l'homme qui tenait le téléphone s'était mis à courir ; «Pourquoi le cimetière ? répétait-il comme un tourment, pourquoi le cimetière ?» Une fois de plus il ne reçut aucune réponse mais continua à avancer rapidement, et bientôt de rudes voix masculines crièrent : «C'est ici ! C'est celle-là !» L'homme qui filmait ralentit et dit, comme pour lui-même : «On est dans le cimetière, je vais m'approcher pour voir», d'un ton de voix off ridiculement professionnel, puis il se fraya un passage parmi la foule massée, joua des coudes (on entendait des plaintes, de vives protestations), s'excusa, mais continua à progresser, bousculant, passant l'épaule. Soudain il y eut un mouvement brusque sur l'écran, et pendant quelques secondes ce fut le noir complet. «C'est son téléphone qui est tombé à ce moment-là, me dit Rama, mais ça va reprendre», et bientôt en effet on eut de nouveau un «visuel», comme on dit laidement ; l'auteur de la vidéo semblait être arrivé à un endroit où il ne pouvait plus avancer, la foule était trop serrée.

On l'entendit prononcer une parole d'effroi, il leva son téléphone au-dessus des têtes : apparut alors sur l'écran, quelques mètres plus loin, entourée par une muraille d'hommes, une tombe que creusaient deux gaillards armés de pelles, une tombe déjà bien profonde, ouverte dans la chair de la terre comme une grande blessure, autour de laquelle, hormis les deux gaillards, personne ne bougeait : les gens semblaient figés autour du trou, silencieux, graves comme si c'était l'un de leurs parents ou leur propre corps, leur propre âme qu'on enterrait. La main de l'auteur de la vidéo elle-même parut s'être pétrifiée, elle ne tremblait plus, l'image était précise, sans fioritures. Les deux hommes creusaient avec la démence des chercheurs d'un trésor à portée de main, l'un était torse nu, l'autre avait la chemise ouverte, si trempée de sueur qu'elle lui collait à la peau, tous deux soufflaient. Ils creusaient avec une force considérable ; les pelletées alternaient, pleines de glaise et de rage ; la fosse s'élargissait, s'approfondissait, jusqu'à ce que l'un des gaillards dît : « C'est bon ! » Et comme si cette phrase eût été le signal attendu par tous, la masse, de nouveau, fut prise d'une agitation plus dense, plus vitale : quelque chose de monstrueux semblait gésir dans les profondeurs de la fosse et de la foule. Des cris résonnèrent alors : « Sortez-le ! Il commence à pourrir, quelle odeur ! L'odeur du péché ! L'odeur du sexe de sa mère d'où il n'aurait jamais dû sortir ! »

Avant que j'eusse compris, je vis l'un des gaillards, agenouillé à côté du trou, son buste nu plongé dans la tombe, ses muscles gonflés. Quelques secondes plus tard, il ressortit : d'abord ses épaules et sa tête, puis ses bras, avant que n'émergeât, oui, c'est bien ça, le début d'une forme ; les mains du fossoyeur tentaient de l'extraire du tombeau ; l'autre gaillard vint à son secours, ils tirèrent, ahanèrent, jurèrent. La forme sortit peu à peu de terre comme un lourd coffre enfoui depuis mille ans ; la foule souffla, d'horreur et de plaisir mêlés, j'entendis *Allah akbar! Allah akbar!* plusieurs fois, l'homme qui filmait lui-même le criait. Les deux gaillards tiraient toujours, la chose était presque dehors, on aurait dit un grand morceau de bois mort enveloppé dans un tissu blanc; ils tiraient, un dernier effort, comme l'ultime cognée du bûcheron avant que le baobab s'effondre, et le cadavre jaillit de la fosse dans une rumeur profonde et inhumaine, où les exclamations apeurées se mêlaient aux versets coraniques et aux injures. Le corps exhumé retomba au sol, la poussière s'éleva; je fermai les yeux, saisi de terreur et de dépit, mais la vidéo continuait, elle flattait ma curiosité morbide, je les rouvris.

L'image était de plus en plus confuse, faite d'impulsions, de tourbillons. La foule s'était remise en marche, mais d'un mouvement moins uni. Une tache blanche demeurait cependant visible sur l'écran, comme un repère : c'était le linceul qui se déroulait tandis qu'on traînait le cadavre hors du cimetière; l'homme qui filmait suivait le corps à la trace, il rattrapait ceux qui le tiraient rageusement et sans ménagement, le défunt était traîné dans la poussière, le linceul abandonné, on voyait qu'il ne restait plus qu'une fine couche qui protégeait encore le mort. Quelques secondes après, au milieu du souffle guttural et satisfait des hommes, je vis le corps nu du mort, sexe protubérant; je fermai les yeux pour lui échapper, je ne le vis que mieux, tout mort et tout nu sous mes paupières closes, pure image mentale qui me colla aux neurones, que mon imagination exagéra et dota d'une horrible netteté; je rouvris les yeux, le temps de voir le cadavre jeté hors du cimetière sous les injures et les crachats gras, puis, brutalement, la vidéo prit fin, ou Rama l'arrêta, je ne sais plus.

Quelques instants passèrent, sans paroles. Même les voix au-dehors semblaient s'être tues. C'était un de ces silences qu'on craint à la fois de prolonger et de rompre, chacune de ces deux options semblant devoir mener à une catastrophe. Il fallait pourtant que quelque chose se dît. C'est Rama qui se lança :

– Alors ? Impressionnant, hein ?

– Ça s'est passé où ?

– Ici, à Dakar. Je ne sais pas encore à quel endroit exactement. Mais ça s'est passé, c'est tout.

Je haussai les épaules. Je n'avais ni le cœur ni l'envie de dire quoi que ce soit d'autre. Ma gorge était sèche, ma langue pesante. Ma poitrine sonnait creux. Je me levai, m'approchai de la fenêtre et allumai une cigarette. Les rires retraçaient lentement leur constellation noire au ciel. Je me demandais pourquoi Rama m'avait montré ça. Elle savait pourtant que je n'aimais pas la vue de la violence, non parce que j'étais une petite nature, mais pour la simple raison que je haïssais la fascination basse qu'elle faisait naître chez moi. Un début de nausée me prit, aggravé par la cigarette. Une lassitude m'alourdit, que je cherchai vainement à chasser en m'absorbant dans la contemplation des maisons plongées dans le noir.

– Viens, finit-elle par me dire.

Je savais parfaitement ce que le ton de cette invitation signifiait. Écœuré (mais la chair est si faible), je jetai le mégot de la cigarette et la rejoignis. Elle commença à me caresser. Je ne pus le cacher : j'étais encore bouleversé, mal à l'aise. L'image du cadavre jaillissant de la tombe me nouait les boyaux. Le corps de Rama me devint étranger. Je me sentais gauche et maladroit. Un temps, la mémoire des gestes érotiques se perdit. Mais ce fut une courte amnésie : cette mémoire était enfouie dans les mains, le regard, le souffle, la peau, les lèvres. Elle faisait partie de celles qu'on ne peut perdre, sauf à s'oublier soi-même. Le désir revint au bout de quelques minutes, beaucoup plus vite que la morale ne l'eût voulu (mais j'aurais bien aimé l'y voir, moi, la morale, contre le corps nu et chaud de Rama, ses fesses aussi fermes que les poings d'un boxeur revanchard, ses petits seins mous et confortables comme des boules de plumes)... Je jouis comme un saint transfiguré dans une extase mystique.

Éprouver une terreur sacrée devant un fait, en être profondément bouleversé, puis s'adonner au plaisir peu après en oubliant le drame : il n'y a qu'un homme pour être ainsi, pour être tour à tour, ou à la fois, le frère du monstre et la sœur de l'ange. Aucune vraie décence ne dure. Ou alors c'est seulement moi qui suis comme ça.

Je me rappelle – j'étais encore étudiant en France à l'époque – que quelques minutes après avoir appris la mort de ma mère, dévasté de tristesse, je m'étais effondré dans les bras de ma copine d'alors. Elle s'appelait Manon, et j'étais avec elle lorsque mon père m'avait appelé. Elle apprit comme moi cette nouvelle fatidique qu'aucun homme sur terre ne veut recevoir, mais à laquelle il sait ne pouvoir échapper. Manon m'avait consolé, serré sur sa poitrine comme un enfant tandis que j'inondais son chemisier de douleur. Cela avait duré longtemps. Nous étions en hiver, peu de jours avant Noël. La vive flamme du froid sur mes os, le linceul noir de la nuit précocement jeté sur le monde, la mélancolie qui m'a toujours accompagné en cette période de l'année – tout cela s'était allié au chagrin que me causait ce fait terrible et pourtant simple : ma mère était morte.

J'avais pleuré longtemps dans les bras de Manon. Et puis soudain, encore en larmes, dans un geste qui me surprit et m'horrifia à la fois, mais un geste irrépressible, j'avais commencé à caresser ses seins et l'intérieur de ses cuisses, puis à vouloir la dévêtir. J'avais soudain éprouvé une folle et obscure envie de la baiser comme jamais, là. Elle refusa, au début. Mais qui peut refuser un peu de réconfort à un homme qui vient d'apprendre la mort de sa mère ? Elle finit par céder. J'ignore si ce fut par perversité, pitié, charité chrétienne ou réel amour. Par peur ? Avait-elle craint qu'aveuglé de colère je la violente ? La viole ? L'ai-je violée ? Je n'y songe que maintenant. Seigneur… Je ne l'ai plus revue après ça.

Il reste cependant que cette nuit-là, la nuit où j'avais appris la mort de ma mère, avait aussi été, pour moi, une magnifique nuit d'amour avec Manon. C'était une seule et même nuit pourtant, où la douleur, l'infinie douleur, s'était si étroitement mêlée à la volupté charnelle que mon âme en était sortie épuisée, presque morte mais confortée dans ce qui, à mes yeux, fondait mon humanité profonde : le tragique. Ou la monstruosité. Je n'étais pourtant, dans cette monstruosité même, qu'un homme, un petit homme brisé, misérable, malheureux et orphelin. J'aurais mérité de mourir ce soir-là. J'aurais dû. J'en aurais été heureux. J'aurais retrouvé ma mère.

On était au cœur de la nuit. Il battait au ralenti, comme si le monde allait s'arrêter de respirer dans les prochaines secondes, nous avec lui. Nous allions nous endormir. J'étais contre le dos de Rama, je la couvais comme un oisillon blessé. Nous ressemblions à deux petites cuillères rangées par une main maniaque. Elle parla encore à ce moment-là, à la lisière du sommeil. Faut croire que c'était sa spécialité.

– T'en penses quoi?

– De quoi? dis-je, après quelques instants, le temps de rallumer mon cerveau.

– De la vidéo.

– Je ne sais pas trop… Ça me choque, mais je ne sais pas ce que je dois en penser pour l'instant. Je suppose que c'était un *góor-jigéen*[1]…

Elle se dégagea de mon étreinte, se retourna, me dévisagea, m'assassina du regard. Ses lèvres tremblèrent, puis finirent par laisser échapper des mots emplis de colère:

– Tu supposes que c'était un *góor-jigéen*? Tu supposes? Que veux-tu qu'il ait été d'autre? Ce sont les seuls dans ce pays à qui on refuse une tombe. Les seuls à qui on refuse à la fois la mort et la vie. Et toi, tu ne sais pas quoi en penser?

Je gardai le silence quelques secondes, prudent. Je sentais à sa voix que j'avais franchi une limite. Tout ce que je pouvais dire serait retenu contre moi. Tout ce que je pouvais taire aussi.

– Non. Je ne sais pas. Après tout, ce n'était qu'un *góor-jigéen*.

---

1. Homosexuel, en wolof.

J'avais dit ces derniers mots avec une assurance et une dureté qui me surprirent, bien que j'eusse en même temps parfaitement conscience de les prononcer. Mais d'où me vint alors, immédiatement après, ce sentiment d'être l'antre d'un monstre, un monstre qui m'expulserait de moi ou, à l'inverse, et sans doute était-ce la même chose, m'emprisonnerait dans mes fondations ? D'où venait la conscience d'une étrangeté à l'œuvre dans mon propre être ? J'eus la certitude que, prononçant cette phrase, je n'étais plus moi-même. J'avais parlé par une bouche commune – telle une fosse – où étaient enterrées – mais elles ressuscitaient souvent – les opinions nationales. J'étais la bouche de forces vieilles qui avaient droit de vie et de mort sur moi. Je ne connaissais plus ma vérité intime ; l'idée même d'en avoir, dans ce cas précis, me semblait dangereuse. Alors j'avais exagéré ma froideur, comme si j'avais craint que l'œil de ma société ne me surprît en flagrant délit de faiblesse. Dans le tribunal de ma chambre, seul avec Rama, j'avais donc de nouveau prêté serment devant ma culture, son invisible et pesante présence, ses siècles lourds, ses milliards de regards.

Cependant celui de Rama, noir et mauvais, me perçait de traits de flèches empoisonnées. Je l'entendais presque chercher dans sa tête les mots de mépris qu'elle désirait me jeter à la face, des débuts de sentences terribles qui s'embrasaient dans son cerveau, comme des feux de brousse, prêts à me brûler tel un pécheur : « Espèce de... Tu te rends compte, sale connard, de ce que... Gros porc hétéro glabre sans... Tu n'es rien, rien, vraiment rien qu'un minable petit... Tes mots sont encore plus débiles que... » Mais Rama n'en était pas satisfaite : ses phrases, encore trop faibles pour le bûcher auquel elle me destinait, s'éteignirent dans la colère qui les étouffait. Elle finit, à force de chercher, par glisser dans un état encore plus redoutable que la brutale irritation : la colère froide.

— Je me demande parfois, finit-elle par dire, ce que je fiche avec un type comme toi. Je ne te comprends pas. La plupart du temps, t'es adorable, ouvert, cultivé, voire sensible. Et d'un coup, paf, une chute dans la bêtise la plus crasse, la plus imbécile, comme si tu traversais un trou d'air. T'es finalement semblable aux autres. Aussi con. Et les autres au moins ont parfois l'excuse de ne pas être des professeurs d'université, de supposés hommes de savoir, éclairés. Ce n'était qu'un *góor-jigéen*, après tout, hein ?

Elle répéta la phrase avec une ironique indignation dans la voix. J'ouvris la bouche pour répliquer. Elle ne m'en laissa pas le temps : dans un éclair une gifle me coupa l'appétit de la parole, tarrr !, allumant un brasier douloureux sur la partie gauche de mon visage. C'est qu'elle cognait vite, et dur. Je mis un point d'honneur à ne pas masser ma joue bien que l'envie m'en dévorât, car j'étais quand même un homme. Rama s'était déjà retournée. Elle m'en voudrait pendant quelques jours et ne parlerait plus ce soir. Tant mieux. Je n'avais pas la force de continuer à débattre. J'avais cours le lendemain. Je finis quand même par me frotter un peu la joue dans le noir, à l'abri de toute indignité ; puis je m'effondrai de fatigue, m'enfonçant bientôt dans un sommeil dont je savais déjà qu'il ne suffirait pas à me reposer.

2

Sans surprise, mon cours se déroula dans un mortel ennui. J'avais peu et mal dormi, mes idées n'étaient pas claires, ma bouche mâchait comme un vieux chewing-gum insipide le commentaire d'un poème de Verlaine. Je n'avais qu'une hâte : faire mes heures en dépensant le moins d'énergie physique et intellectuelle possible, puis me barrer ; aussi étais-je heureux de voir que mes étudiants de master ne s'étaient pas miraculeusement sentis pris de passion pour mon enseignement. Ils étaient aussi éteints, paresseux, médiocres que d'habitude. De toute évidence, la littérature française du XIXᵉ siècle ne leur disait rien. Je me demande du reste s'ils entendaient quelque chose à la littérature tout court ; cette question en induisait une autre : que foutaient-ils là ? Je n'ai jamais su répondre. Je parie qu'eux non plus.

Je me suis souvent interrogé si l'enseignement actuel des lettres étrangères en général, françaises en particulier, dans nos universités était une bonne idée. Nous peinions déjà à susciter l'intérêt des étudiants pour nos propres écrivains, supposés avoir parlé de notre société, de ses aspirations, de ses angoisses, de sa nature profonde. Alors vouloir leur transmettre la passion pour une littérature d'un autre pays, issue d'un siècle passé, écrite dans une langue illisible même pour la plupart des Français d'aujourd'hui… Plutôt apprendre aux morts à ressusciter. Mes étudiants étaient complètement fermés ou pire, indifférents, à la moindre digression de Balzac, au plus clair des vers de Mallarmé, à la plus simple nouvelle de Barbey d'Aurevilly ou de Villiers de l'Isle-Adam, à un roman de Huysmans, à une phrase de Flaubert. Pourquoi s'acharner à leur apprendre ce qu'ils oublieraient aussitôt?

Il fut un temps où, jeune diplômé fraîchement sorti d'un long et cahoteux – quoique honorable – parcours universitaire, chargé de cours plein de dynamisme, d'ambition pour mon pays où j'étais revenu pour enseigner et transmettre, j'avais posé toutes ces questions à mes collègues. Je souhaitais réformer l'enseignement de la littérature comparée. Non supprimer des cours, mais adapter leur contenu à la réalité que vivaient les étudiants. J'avais mis beaucoup de fougue et d'énergie dans mes entreprises, parfois même un peu de virulence. Je voulais faire bouger les choses. Je prétendais m'attaquer aux pontes du département, de vieux profs chauves, hypermétropes et gras qui avaient passé leur vie à errer dans les couloirs de la faculté tels des fantômes dans un cimetière, sans autre ambition que garder leur statut de maître de conférences ou de chargé de cours. C'étaient des fossiles, des dinosaures qui n'écrivaient plus (l'avaient-ils jamais fait?), ne publiaient plus, ne cherchaient plus, ne réfléchissaient plus à leur pratique et encore moins à la littérature. Ils se contentaient de rabâcher les mêmes cours auxquels, au mieux, ils changeaient d'une année à l'autre une ou deux virgules, une ou deux références, un intitulé par-ci, une citation par-là. Pour le reste, ils veillaient à faire du département un formidable mouroir où perdaient rapidement et définitivement leur souffle ceux qui prétendaient encore en avoir.

À mon arrivée, donc, j'avais multiplié les initiatives : colloques, journées d'études, proposition de nouveaux enseignements, ateliers, modules, séminaires. Mes collègues, exception faite de deux ou trois d'entre eux, m'avaient regardé me démener avec un mépris persifleur ou un amusement mélancolique. On me disait : «Tu me rappelles ce que j'étais quand je suis arrivé. Oui, on était tous comme toi, jeunes et idéalistes, mais tu verras, tu te rendras bientôt compte que c'est inutile, boy, personne n'en a rien à foutre de la littérature dans ce pays. Pas même toi, au fond…» Pour certains, moins bavards, je faisais tous ces efforts forcément pour la seule raison qui peut pousser un jeune universitaire à consacrer tant d'énergie à l'enseignement dans ce pays : gravir rapidement les échelons et prendre la place des plus anciens, c'est-à-dire eux-mêmes. Ceux-là, non seulement ne me soutenaient pas, c'était entendu, mais ils me créaient le plus de difficultés possible. Et comme la plupart étaient influents, grandes gueules, docteurs ès intrigues de basse-cour, légitimés par leur âge, amis de longue date du doyen de la faculté ou carrément du recteur de l'université, ils possédaient un stock illimité d'embûches qu'ils jetèrent sur ma route...

J'avais tenu trois ans. Puis j'avais arrêté. Ce n'était pas l'envie qui me manquait ou ma passion qui s'était tarie. Simplement, voir tout un système se dépenser autant pour rester sur place, tant de gens se réveiller de leur torpeur seulement pour y replonger, tous ces paroliers d'un savoir ossifié se ranimer pour préserver leurs minables privilèges de potentats de sous-empire, ça me dégoûtait. Je décidai alors de me taire, de me limiter à mon enseignement auquel les étudiants ne s'intéressaient pas et ne comprenaient rien. On ricanait lorsque je passais dans les couloirs. Les collègues disaient que finalement je m'étais rangé plus vite qu'eux en leur temps. Je ne répondais pas. À quoi bon essayer de le leur expliquer? Pour eux, une seule chose comptait : j'avais perdu, ils avaient gagné. Sur cette conclusion, ils avaient raison. J'avais bel et bien perdu.

Depuis cette défaite – quatre ans maintenant –, je me contentais du strict minimum : j'enseignais sans feu, écrivais un ou deux articles par an (ce qui suffisait à faire de moi l'un des chercheurs les plus prolifiques et les plus réguliers du département), expédiais les quelques obligations administratives liées à ma charge, et basta. Que le cadavre continue de puer. Même si j'étais fait, je m'en fichais. À trente-sept ans, je m'étais résigné à la médiocrité ordinaire de l'université de mon pays.

Pourtant je dois dire que, au cours des trois années de ma croisade donquichottesque, j'avais toujours pu compter sur un allié indéfectible. M. Coly était sans aucun doute le meilleur professeur de la faculté de lettres. Il y enseignait depuis l'année de ma naissance. Spécialiste de la poésie symboliste française, particulièrement de Saint-Pol-Roux, dont il jugeait la poésie largement supérieure à celle de Mallarmé ou de Laforgue, il était mon professeur référent lorsque j'avais rejoint le département de littérature comparée. Nous avions, au fil des discussions, développé une relation amicale, nourrie par l'amour de la littérature et les stimulantes, infinies discussions qu'il nous arrivait d'avoir à propos de son poète préféré. Je m'amusais souvent à lui dire – ce n'était pas seulement par provocation, car je le pensais réellement – que Saint-Pol-Roux était un poète mineur, sans influence notable sur la poésie du xxe siècle. Lui me répétait que précisément cette absence de descendance («qui n'est pas la même chose que l'influence») poétique prouvait qu'il était un grand poète, c'est-à-dire un poète unique.

M. Coly m'apportait son soutien, dans la limite de ses pouvoirs et attributions, qui n'étaient pas négligeables au sein de la faculté dont il était l'une des figures les plus respectées et les plus craintes. Cependant il rechignait à demander service ou faveur au doyen du département, M. Ndiaye, dont il avait jadis été proche, mais qui s'était fourvoyé dans le marigot politique pour s'assurer certains privilèges. Ils s'étaient brouillés. M. Coly ne désirait plus donner à M. Ndiaye ce que le doyen espérait depuis des années: l'occasion de lui être redevable. Aussi M. Ndiaye refusait-il systématiquement de m'accorder des crédits pour les activités que je tentais de mettre en place. M. Coly savait qu'il lui aurait suffi de demander pour qu'on me les donne. Mais sa fierté, son intransigeance, son mépris de la médiocrité et de la courtisanerie en usage au sein de l'université l'en empêchaient. Je le comprenais. Malgré tout il continuait de m'encourager à persévérer dans mes projets sans rien attendre de la faculté. C'est ce que j'avais fait, jusqu'au dégoût. M. Coly en avait été attristé. Nous étions restés bons amis. C'était le seul de mes collègues avec qui mes relations dépassaient les simples salutations.

Je libérai mes étudiants un quart d'heure avant la fin de la deuxième heure. Je ne sus qui, d'eux ou moi, en fut le plus soulagé. Je rangeai lentement mes affaires et traînai les pieds jusqu'à la cafétéria de l'université en priant pour que la machine, qui fonctionnait une fois sur deux, soit en état de marche. Elle produisait un café plutôt imbuvable, mais je me sentais tellement endormi que j'étais prêt à le supporter, même s'il devait me tuer. Je croisai deux collègues qui sortaient eux-mêmes de la cafétéria. On se salua à peine. Ils tenaient chacun un petit gobelet blanc où fumait un breuvage noir et douteux. C'était mon jour de chance.

Je tentai sans plaisir de goûter ma première gorgée de café, le regard vide errant sur un tableau qui annonçait colloques, journées d'études, conférences et autres agapes intellectuelles qui attiraient peu de monde lorsqu'une voix me fit sursauter :

— Elle est déjà réparée, cette machine ? Je ne l'aurais pas cru.

Effet de ma fatigue, peut-être, je n'étais pas très enthousiaste à l'idée de discuter avec M. Coly, dont j'appréciais pourtant la compagnie. Il dut voir l'ombre épuisée qui passa dans mon regard :

– Vous devriez vous reposer, monsieur Gueye. Vous semblez aussi exténué qu'un étudiant de master 1.

– Je sors d'un cours, justement.

– Je compatis. Reposez-vous, ne buvez surtout pas cette horreur dont je vais prendre une tasse ou deux. Comment se porte votre enseignement ? Vous avez essayé d'apprendre quelque chose à nos chers étudiants aujourd'hui ? me dit-il en attendant que la machine lui serve sa commande.

– J'ai fait une introduction aux poètes maudits. Verlaine...

– Ah...

Le ton de M. Coly était étrange, comme inquiet. Son expression avait changé ; il semblait pris dans un lointain souvenir ou une réflexion qui le préoccupait. Puis cette ombre s'est dissipée et nous sommes sortis de la cafétéria. Dans le couloir, il reprit :

– Je suppose que vous n'avez pas vu la ridicule note du ministère au sujet de l'enseignement de Verlaine et autres. Ou bien vous lui désobéissez ?

– Quelle note ?

– C'est bien ce que je pensais. Vous ne savez pas de quoi je parle... Vous la retrouverez dans vos mails. Elle date de deux semaines environ, en réaction aux événements... Vous savez... Quelle bêtise, quelle stupidité insondable... Bon, allez dormir, monsieur Gueye. Vous avez une mine épouvantable. Venez me voir un de ces jours, quand vous irez mieux. J'ai du nouveau sur Saint-Pol-Roux. J'aimerais vous en parler.

Il me serra la main en me souriant et s'éloigna d'un pas rapide. Je me traînai jusqu'à ma voiture, somnolent, rentrai chez moi et m'affalai nu dans mon lit.

3 - *dances*

Minuit. Impossible de me rendormir. J'avais envie d'appeler Rama, dont l'odeur imprègnait non seulement mes draps, mais les murs de ma chambre, la moindre petite particule d'air que je respirais, toute ma conscience. Après quelques minutes d'un vague débat intérieur je composai son numéro. Elle décrocha bien sûr à la cinquième sonnerie, la dernière avant la bascule dans le vide impersonnel du répondeur, et me servit un «allô» glacial. Je raccrochai aussitôt, le cœur battu. Je n'avais pas encore le courage de l'affronter. Il n'y avait pourtant pas de raison. Elle ne rappelait pas. J'ignorais si ça me soulageait ou m'accablait.

Je restai allongé, touchant mon sexe flaccide, les yeux perdus au plafond. L'envie de me masturber me saisit, intense et pressante, et disparut aussi vite, comme une étoile filante. La grande solitude où je me sentais éteignait mon ardeur onaniste – pourtant elle en avait toujours été la sève. Me masturber n'aurait servi à rien d'autre qu'à retarder l'instant de me l'avouer: Rama ne viendrait pas, et le monde, ce soir, avait perdu son sens. Côté négatif: il n'était pas certain qu'il en ait plus le lendemain; côté positif: il n'en avait pas moins que la veille. Tout compte fait, les choses n'allaient pas si mal.

Des rumeurs d'abord étouffées, puis de plus en plus fortes, des voix dans un micro, des lumières vives, la vibration des tam-tams, bref, un vacarme dans la nuit finit par me tirer de mon lit et de mes médiocres exercices philosophiques. Tout cela n'avait qu'une explication: il se passait quelque chose dans le quartier. Tant mieux. Il fallait que je me change les idées. Je sortis. Dehors, un fleuve humain déferlait, charriant hommes, bêtes, poussières et ordures. Le quartier était en ébullition. Une grande fièvre festive le frappait. J'ai toujours aimé les manifestations collectives. Contrairement à bien d'autres, je n'éprouve aucun mépris pour les gens qui, ensemble, laissent libre cours à leurs émotions pures. J'aime les foules, les hommes dans les foules. J'en suis un. J'aime les grèves, j'aime les marches, j'aime les concerts, j'aime les cortèges funèbres ou heureux et les *sabar*[1], les prières collectives et les réunions politiques, les grands-messes et les enterrements. La foule réhabilite l'humaine condition, faite de solitude et de solidarité; elle offre la possibilité d'un aparté avec tous les hommes. Dans la foule, on est quelqu'un et n'importe qui.

C'était un *sabar* en l'honneur d'un riche homme d'affaires du quartier, qui venait de faire un important don d'argent

---

1. Terme wolof désignant à la fois une sorte de tam-tam, une danse et une fête traditionnelles.

aux innombrables associations culturelles. À vrai dire, ce n'était pas ça le plus important. Au fond, on se fichait même totalement de justifier un *sabar*, aucune raison n'était nécessaire. Je me rappelle qu'une fois la famille d'une jeune défunte avait organisé un *sabar* le lendemain de son enterrement, au motif qu'elle les adorait.

Le cercle de danse était déjà délimité par la foule surexcitée. Rejoignant les batteurs qui s'échauffaient, une silhouette apparut, dans l'éblouissante lumière blanche des projecteurs, sous les regards brillants d'admiration que les spectateurs lui jetaient. Les batteurs l'accueillirent par des volées déchaînées. Une clameur monta au ciel en volutes ivres. Elle se déplaçait lentement, cette majestueuse et fine silhouette, christique, rayonnante de grâce. Quelquefois, dans une attitude à la noblesse si étudiée qu'elle en devenait naturelle, elle s'arrêtait pour regarder la foule, laquelle criait, applaudissait, faisait allégeance, suppliait pour que la silhouette lui lance, comme une faveur, une obole, comme un bout de viande à des chiens affamés, ce qu'elle lui demandait : son sourire divin, son regard coquin, outrancièrement fardé, ombré de longs cils et souligné du trait fin d'un crayon. Ensuite, dans un tourbillon de feu, la silhouette repartait d'un mouvement inimitable, qui ressemblait à une danse lascive. Elle portait une longue robe noire pailletée et moulante, sans manches, qui découvrait ses épaules qu'effleuraient les pompons d'imposantes boucles d'oreilles. Des *jal-jali*[1] ceignaient, sans les serrer, ses hanches, qu'elle animait d'une

---

1. Ceintures de grosses perles, destinées à séduire.

31

savante ondulation du bassin, déclenchant les cris déments des badauds. La scène lui appartenait, la foule rampait à ses pieds nus, aux ongles vernis de rouge vif que je parvenais à voir, même à distance. Après trois ou quatre tours de piste, la silhouette dénoua son mouchoir de tête et l'attacha à sa taille, par-dessus la ceinture de perles, libérant une longue chevelure qui coula dans son dos comme une cascade noire. Samba Awa Niang était superbe.

On eût dit une vedette, une diva, une divinité païenne. Il prit le micro et, après un *ragaju*[1] maîtrisé, se lança dans un *taasu*[2] licencieux et coquin. Il n'en fallut pas davantage pour que la ferveur montât d'un cran. Les corps s'échauffaient ; quelques respectables femmes du quartier, qui avaient jusqu'alors gardé la pudique réserve qu'on attend de toute honnête dame en public, se levèrent et commencèrent à attacher leurs foulards ou mouchoirs de tête autour de leurs reins, préludes à des scènes torrides. Samba Awa Niang continuait d'exciter leurs instincts ; il les énervait, les provoquait, les invitait au centre de l'arène pour un bal du diable. Les premières femmes s'avancèrent, aussitôt rejointes par d'autres qui ne voulaient pas se laisser damer le pion. Ce ne fut bientôt plus qu'un spectacle de fesses qui roulaient sous des pagnes fins, découvrant, chez les danseuses les plus pudiques, de délectables cuisses qui alliaient

1. Mouvement assez typique des yeux : il s'agit, en les révulsant exagérément, d'exprimer le défi, la provocation, l'assurance, la détermination ou la menace – ou tout cela à la fois. Souvent exécuté par les femmes.
2. Les *taasu* sont des sortes de poèmes ou récits populaires sénégalais, qui peuvent être tour à tour satiriques, élogieux, paillards, ludiques ou moralisateurs.

miraculeusement la fermeté au gras, le muscle à la cellulite, la mollesse du gracieux bourrelet à la tenue de la fière croupe. Les femmes entouraient Samba Awa, l'enserraient d'une frénésie dionysiaque. Lui, sans toucher aucune des proéminences qu'on lui présentait en offrandes, continuait à réciter des *taasu* de plus en plus suggestifs. Les femmes se cambraient, se déhanchaient ; les perles qui ceignaient leurs reins teintaient, jouaient une enivrante et sensuelle symphonie. Certaines danseuses rivalisaient d'adresse ; d'autres, de cette obscénité totale et admise qui fonde une part de l'érotisme sénégalais. D'abord timides, puis de plus en plus audacieux, les *beco*[1] commençaient à paraître, rouges, noirs, sombres, de toutes les nuances du désir, parsemés de trous formidables et profonds, abîmes infinis où les mâles, la nuit, dans les volutes de l'encens, appelés par les caresses intimes, les murmures ravageurs, plongeaient et se perdaient le temps d'une odyssée qu'Homère n'eût pu chanter ni Kubrick filmer.

Pour les femmes les plus emportées par la folie du *sabar*, la démence de l'instrument satanique dont le vrombissement pouvait, disait-on, empêcher d'entendre la voix même de Dieu s'Il eût été devant vous, pour ces femmes, donc, les *beco* mêmes devenaient trop pudiques ; elles les relevaient d'un geste nerveux. Et alors, brièvement, on entrevoyait les sexes, les grands sexes noirs au cœur rouge, secrets et majestueux dans leur inaccessibilité, charnus comme des fruits tropicaux,

---

1. Le *beco* est un petit pagne court, dont le tissu est parsemé de trous plus ou moins grands. Au Sénégal, élément essentiel de la lingerie féminine.

coiffés de couronnes de toison luisant d'un éclat sombre... Ils béaient, ces sexes bombés, ils béaient comme des bouches étonnées; et les femmes, dans la seconde où elles les exhibaient, en exagéraient l'ouverture et la profondeur, comme pour donner à voir leur âme. Cela durait le temps d'un battement de cœur et les rideaux de cuisses, de *beco* et de pagnes se refermaient, renvoyant les fleurs du monde au secret.

Le rythme s'emballa, les batteurs devinrent fous, comme possédés après avoir entrevu l'itinéraire vers le salut; et certains d'entre eux, n'y tenant plus, abandonnèrent leur poste pour rejoindre les femmes au centre de la piste sablonneuse. Des couples se formaient et se livraient à des corps-à-corps sensuels. Il arrivait que deux corps, dans la danse, fussent si proches, si étreints qu'on eût dit, derrière les voiles transparents de poussière qu'ils soulevaient, qu'ils n'étaient plus qu'une seule créature tourmentée, ou deux boas s'étouffant dans une lutte fratricide.

Samba Awa s'extirpa de sa prison de chair, et, d'une démarche aérienne, se déplaça dans le cercle. Il avait perdu sa perruque et haranguait la foule, encourageait les applaudissements, sollicitait les chœurs. On lui donnait des liasses de billets, il les fourrait d'une main nonchalante dans le petit sac pailleté qu'il portait en bandoulière, des spectatrices conquises par son art se jetaient à son cou dans un pur cri d'amour; elles l'acclamaient, l'adulaient, le désiraient – enlève-moi, Samba Awa, n'aie aucune pitié! À côté de moi, deux hommes commentaient:

– Samba Awa, *góor-jigéen bi, jigéen yëp a bardé si moom!* Cet homosexuel, il a un succès fou avec les femmes!

– Moy cafka sabar u rew mi! Da fa ay, dom'ram ji! C'est lui qui pimente les *sabar* du pays! Quel talent, ce bâtard!

Samba Awa revint vers le centre du cercle, où les corps échauffés ondulaient encore. Il portait une chaise, qu'il plaça à côté du groupe des danseurs. Puis, en maître de cérémonie, il demanda aux batteurs de rejoindre leurs instruments et fit signe à la troupe ainsi reconstituée de ralentir le rythme. La foule, qui avait deviné ce qui se préparait, exultait, scandait déjà le leitmotiv que Samba Awa Niang allait bientôt entonner sur un rythme désormais lent, majestueux, somptueux. Le tambour-major, le célèbre Magaye Mbaye Gewël, s'essoufflait en gestes emphatiques et nerveux pour diriger ses troupes, en jetant des regards complices à Samba Awa qui allait ouvrir le spectacle. Pendant ce temps, quelques danseuses, les plus chevronnées (je comptai : elles n'étaient plus que cinq), étaient demeurées au milieu du cercle, en file devant la chaise, esquissant de légers pas de danse, prêtes à se lancer dans la bataille finale. La foule délirait. Samba Awa, radieux, laissa se prolonger cette atmosphère surchauffée. L'attente atteignit bientôt son paroxysme dans une tension écrasante. Magaye Mbaye Gewël lui-même sembla avoir de plus en de mal à ne pas laisser éclater sur la peau tendue de son tam-tam le feu qui embrasait la paume de ses mains. À côté de moi, on trépignait furieusement :

– Ayça waï Samba Awa, doy na! Allez, Samba Awa, ça suffit! cria quelqu'un.

La voix de Samba Awa, étonnamment fluette, retentit dans le micro :

– *Jëlël siis bi!* Prends la chaise!

La foule lui fit écho, et les batteurs libérèrent une salve de percussions. La première danseuse de la file s'avança alors vers la chaise et s'appuya sur les accoudoirs, livrant sa fesse rebondie au ciel et à l'appréciation de tous. Samba Awa vint se placer à son côté, puis entama une litanie obscène, accompagné par les batteurs. La femme, dans la même position, débuta un *lëmbël*[1] terrible, sa croupe bougeait si vite que les batteurs peinaient à suivre son rythme. Samba Awa continuait et, lorsque la litanie s'acheva, demanda à la candidate qu'on acclamait de se placer auprès de lui tandis qu'il criait pour la deuxième fois : «*Jëlël siis bi!*»

La candidate suivante vint se positionner à son tour, en appui sur la chaise, et exécuta sa danse. Les danseuses se succédèrent ainsi, accrochées à la chaise – l'une au dossier, une autre au siège, une autre encore à un pied, et la dernière renversa la chaise pour saisir deux de ses pieds, toutes offrant un semblable spectacle de mouvements de reins furieux, selon l'inspiration de chacune. À la fin, Samba Awa, avec un art consommé de la mise en scène, demanda à la foule laquelle de ces dames avait remporté le concours de la chaise. Il me sembla que les tonnerres d'ovations étaient équivalents ; mais Samba Awa, après plusieurs tours d'un scrutin tout de même disputé, finit par couronner la candidate qui avait retourné la chaise. Mon voisin semblait d'accord. J'aurais pour ma part plutôt donné la victoire à celle qui avait empoigné la chaise par-derrière, par le dossier...

---

1. Danse traditionnelle du Sénégal, caractérisée par sa sensualité.

Samba Awa orchestra la soirée jusque tard dans la nuit. Il était près de trois heures du matin lorsqu'on se dispersa à contrecœur.

4

La sonnerie de mon téléphone me réveilla. Je décrochai rageusement, sans même jeter de regard à l'écran de l'appareil. J'étais prêt à agonir l'importun qui m'appelait si tôt, à 13 heures.

– Salamu Aleykum, Ndéné... La décision est tombée. Voilà : c'est moi qui dirige la prière vendredi à la mosquée.

Cette voix de saint, ce ton agaçant et admirable de majesté... Monsieur mon père.

Un homme pieux, mon père. Âme droite et inflexible, fidèle exemplaire, musulman rigoureux. L'orthodoxie incarnée. D'ailleurs, on le pressentait pour remplacer au poste d'imam du quartier le légendaire El Hadj Abou Moustapha Ibn Khaliloulah « Al Qayyum », qui se faisait vieux et dont la mort, murmurait-on, ne devait pas tarder : la maladie le tenait. Mon père, bien sûr, avec son âpre modestie, mais aussi par amitié et fidélité à l'égard d'El Hadj Abou Moustapha Ibn Khaliloulah, ne voulait pas entendre parler de ces rumeurs, qu'il balayait d'un revers de main.

Cependant, il ne pouvait refuser de diriger la prière du vendredi puisque «Al Qayyum» était hospitalisé depuis quelques jours. De son lit d'hôpital, il avait donné, d'une faible voix, des instructions claires: Cheikh Majmout Gueye, mon noble père, devait prendre sa place. Cette désignation, aux yeux de beaucoup, était la dernière et irréfutable preuve de la préférence que le vieil imam avait pour mon père, lequel devait ainsi assurer la régence à la mosquée du quartier. Par cette élection, ce dévoilement anthume de son testament, «Al Qayyum», disait-on, souhaitait éviter des querelles pour sa succession. On ajoutait du reste qu'il faisait bien. Car à côté de mon père, face à lui plutôt, se dressait, prétendant à la succession du vieil imam, le terrible Mohammadou Abdallah. Sévère profil de vautour affamé. Plus inflexible, plus rigoriste, plus orthodoxe que mon père. C'était un candidat sérieux et déterminé, qu'une bonne partie des dignitaires du quartier soutenait. Il faut dire que Mohammadou Abdallah ne cachait rien de ses ambitions, contrairement à mon père, qui n'en avait tout simplement pas. Et depuis qu'El Hadj Abou Moustapha Ibn Khaliloulah avait montré les premiers signes de faiblesse, Mohammadou Abdallah avait battu campagne auprès des influents dignitaires du quartier. Il se présentait, face à l'affaissement moral de la société, comme l'homme qu'il fallait, celui qui, d'une poigne d'airain, redresserait nos mœurs à la dérive. Mon père n'avait rien voulu voir des manœuvres de son rival. Il le considérait même comme un ami. Les notables qui le soutenaient avaient quand même tenu à le mettre en garde. Mais mon père, pour toute réponse, avait déclaré n'être pas intéressé par toutes ces *mbiru adina*, ces choses terrestres, ces bas calculs; et il n'avait rien tenté pour limiter l'influence et la popularité grandissantes de son redoutable adversaire. Mon noble père croyait encore au fair-play et à l'amitié devant le pouvoir. C'était un crétin, un crétin droit et juste, oui, mais un crétin néanmoins.

Paradoxalement, cette magnifique attitude ne fit qu'augmenter sa popularité. «Al Qayyum», qui ne ratait rien de ce qui se passait (il n'était pas resté imam pendant quarante-deux ans, et surnommé «Al Qayyum», l'«immuable», par hasard), «Al Qayyum», donc, semblait de plus en plus convaincu par mon père. Et cela bien que Mohammadou Abdallah, par son rigorisme islamique et son intransigeance, ne le laissât pas indifférent. El Hadj Abou Moustapha avait longtemps gardé une majestueuse neutralité, digne d'un grand et vieux chef qui, au soir de sa vie, avait gagné de la hauteur par rapport à la lutte des impétrants pour sa succession. Mais depuis trois mois, il laissait transparaître de plus en plus de signes en faveur de mon cher père. Il s'affichait avec lui dans le quartier, lui disait à voix basse des paroles mystérieuses et tous deux partageaient des sourires complices. «Al Qayyum» l'invitait chez lui, le citait en exemple dans ses prêches, le convoquait souvent, après la prière du vendredi, pour l'entretenir en privé sur des questions de société auxquelles la religion devait apporter une réponse. Mon père considérait ces petites attentions comme les témoignages d'une grande amitié, sans les tenir pour les prémices d'une intronisation. Quant à Mohammadou Abdallah, il enrageait à la vue de ce spectacle. Et quoiqu'il continuât, en public, à manifester une affabilité et une gentillesse exagérées à mon père, tout le monde savait qu'au fond de lui il l'exécrait. En petit comité, il le traitait de «musulman mou».

Lorsque, le lundi précédent, El Hadj Abou Moustapha Ibn Khaliloulah «Al Qayyum» fut hospitalisé, tout le quartier savait qu'il ne serait probablement pas en mesure de diriger la prière du vendredi. La veille, dans la soirée, une petite ambassade, composée du porte-parole de la mosquée, d'un fidèle lieutenant de Mohammadou Abdallah et d'un proche de mon père, alla rendre visite au vieil imam. Il désigna donc mon père. Et c'était pour ça que ce dernier m'appelait.

– J'espère que tu viendras, Ndéné. Je ne te vois plus beaucoup à la mosquée et je le regrette. J'en ai presque honte. Fais un effort.

Je promis à contrecœur. Mon père raccrocha. Je me levai. Mon sommeil s'était envolé. Douche, radio, café, passage aux toilettes, cigarette – dans cet ordre immuable. Puis j'entrepris de répondre aux dizaines de mails que l'administration universitaire, des collègues, des laboratoires et des étudiants m'avaient envoyés les derniers jours. Et comme chaque fois que j'essayais d'affronter cette tâche, je me rappelai la raison pour laquelle je l'avais fuie et reportée *sine die* dans un geste de peur : elle était sisyphéenne, mortelle. Impossible de classer, de répondre à toutes les sollicitations, de donner des pistes à tel élève qui n'en avait rien à foutre et qui ne m'écrivait que par opportunisme, pour bien se faire voir et gagner mes faveurs. Malgré le café et ma maigre volonté, les mails ne diminuaient pas. Je renonçai après deux heures de vaine lutte, pendant lesquelles je n'avais traité que trois ou quatre affaires urgentes. Le reste attendrait, ou mourrait dans ce grand cimetière numérique que ma boîte mail était devenue.

J'allais sortir manger en ville lorsque je repensai à ma dernière discussion avec M. Coly. Je n'avais rien compris à ce qu'il m'avait dit, mais j'avais retenu une histoire de mail envoyé par le ministère au sujet de Verlaine. C'était assez incongru pour que j'aille voir de quoi il s'agissait exactement. Bien entendu, j'ignorais quand ce courriel avait été envoyé. Je ne me rappelais plus si M. Coly me l'avait dit ou non. Je passai une demi-heure à remonter patiemment les pages de mes mails, les ouvrant tous, même ceux qui étaient destinés à ne jamais être ouverts. Enfin, à la page 4, apparut la note en question. Elle disait, en résumé, que devant la « recrudescence » (c'était bien le ministère !) des événements violents liés aux homosexuels ces derniers mois, et sur demande de plusieurs organisations religieuses qui avaient dénoncé une lente perversion des mœurs du pays — lequel devenait un repaire de *góor-jigéen* —, il était fortement conseillé à tous les professeurs de lettres, pour leur sécurité et au nom de la préservation de notre culture, d'éviter « l'étude d'écrivains dont l'homosexualité était avérée ou même soupçonnée » (il y avait une longue liste d'auteurs plus ou moins pédés, parmi lesquels Verlaine) —, cela jusqu'à l'apaisement social.

5

Ce n'est pas un subit élan de piété retrouvée, mais un beau regain d'amour filial qui me donna la force d'aller à la mosquée. Voilà bien longtemps que je ne priais plus. Mais pour mon père, j'étais prêt à faire un peu de comédie. Je ne pratique plus, même si je crois encore en Dieu, à supposer qu'Il existe. En public, naturellement, je ne dis pas les choses ainsi. Je ne suis pas le seul. Nous sommes très nombreux dans ce pays à être de formidables comédiens sur la scène religieuse, histrions déguisés, masqués, grimés, dissimulés, virtuoses de l'apparence, jouant si bien que nous arrivons non seulement à duper les autres, mais à nous convaincre nous-mêmes de l'illusion que nous créons. Oui, les bons musulmans au regard fervent, au cœur écrasé de pureté, au front ceint des lauriers de l'élection divine, c'est nous, les soldats du Bien, le peuple-œuf plein de lui-même et fier de son être-œuf, l'aréopage de justes baignant dans l'immaculée bonté ; nous sommes là, toujours là, hurlant nos paroles

charitables, nos recommandations enflammées, notre prosé-
lytisme passionné, régurgitant à la demande tous les versets
coraniques que nous avons mémorisés sans les comprendre,
prompts à guetter et critiquer chez l'autre tout signe d'im-
piété, détournant chastement le regard des femmes que
nous ne rêvons que de baiser (certains d'entre nous y par-
viennent) ; c'est bien nous, irréprochables saints au grand
jour, bouffeurs de seins, gamahucheurs émérites, renifleurs
de culs, fétichistes des gros orteils, buveurs de jus de sexe la
nuit tombée. Comédiens. Prestidigitateurs. Bonimenteurs.
Illusionnistes. Nous ne sommes peut-être pas les plus nombreux dans cc pays, mais nous possédons assez de talent
pour jouer une pièce grandiose. Alors jouons !

Je tenais mon rôle avec un talent sûr, soignant mes atti-
tudes, mon regard, la noblesse de mon port de tête, veillant
au froufrou pieux de mon boubou ressorti pour l'occasion,
parfumé, repassé, enrichi à la gomme arabique. On me
croyait. Mon talent m'aurait presque fait chialer. Certains
pensaient que les chants coraniques diffusés dans la mosquée par de grands haut-parleurs m'émouvaient… Les
innocents…

De l'endroit où j'étais installé, j'arrivais à voir au premier
rang Mohammadou Abdallah, le visage renfrogné et l'œil
mauvais. Mon père se faisait désirer. Enfin il sortit de sa
loge, salua l'assistance, puis, lentement, s'assit sur la chaire
pour le prêche. Il était beau, dans son grand boubou. Je le
sentais gêné d'être là, mais conscient de la responsabilité qui
était la sienne. Le prêche commença. Je jettai de nouveau
un regard vers Mohammadou Abdallah. Jamais, me dis-je,

je n'ai vu quelqu'un si bien dissimuler son aigreur derrière un sourire.

«Mes chers frères, je ne voudrais pas être trop long, d'autant que je n'ai pas l'habitude d'occuper cette place. Prions ensemble pour que notre ami et guide El Hadj Abou Moustapha Ibn Khaliloulah "Al Qayyum" recouvre vite la santé par la grâce de Dieu, et revienne nous guider. Je voudrais demander à chacun, ici, de prier pour lui aujourd'hui, afin qu'il ait un prompt rétablissement.

«J'aimerais maintenant en arriver à mon propos du jour. Il est lié à l'actualité de notre pays. Beaucoup d'entre vous ont peut-être vu cette vidéo qui circule depuis quelques jours...»

Mon père consacra son prêche à la vidéo de l'individu déterré; autrement dit, il le consacra à l'homosexualité. Ses propos sans ambiguïté condamnèrent implacablement cette turpitude ignoble que la colère divine devait châtier. Il approuva le fait qu'on ait déterré l'homme, rappela le caractère sacré du cimetière religieux et affirma que la place des homosexuels était en prison car, en plus d'être des pécheurs, les *góor-jigéen* étaient aussi des criminels, dont la seule présence au sein de la société menaçait sa cohésion et sa morale; des êtres dont l'existence même constituait un crime contre l'humanité.

Tandis qu'il parlait, et que de vigoureux hochements de tête approuvaient chacune de ses charges contre les gays, je repensai à la vidéo, au sexe nu, à la blancheur du linceul. Et soudain des questions me vinrent, d'une absolue banalité:

qui était cet homme? Quelle avait été sa vie? Comment avait-on su qu'il était *góor-jigéen*? Qui l'avait accusé? Avait-on une preuve de sa sexualité déviante? Où était sa famille? Qu'était devenu son corps? Je m'imaginais les membres de sa famille, présents dans la foule à l'exhumation, trop apeurés pour oser réagir, à moins – c'était après tout possible – qu'ils n'aient participé au lynchage post mortem. Je n'en aurais pas été étonné. Si un gay était repéré, à tort ou à raison perçu comme tel, charge était à sa famille de se disculper: elle devait certifier qu'elle abominait ce mal, soit en coupant tout lien avec l'accusé, soit en faisant montre d'une violence encore plus grande à son encontre. C'était, pour cette famille que la honte avait recouverte d'un mauvais nuage, le seul moyen de sauver sa réputation. C'était l'unique façon, pour elle, d'éventer ce redoutable soupçon qui équivalait à une mort sociale: être un vivier de pédés, receler le gène transmissible du péril gay. L'innommable déshonneur dont le *góor-jigéen* était frappé menaçait toujours d'étendre son ombre sur tous ses proches. C'était souvent pour se protéger de l'anathème populaire qui les guettait que ceux-ci s'empressaient, lorsqu'ils ne pouvaient plus le cacher, de honnir publiquement l'individu qu'elle excommuniait. Gay: voilà bien le seul linge sale qu'une famille était heureuse et soulagée de laver en public, avec le secours de toutes les mains qui venaient frotter, frotter, frotter jusqu'au sang l'ignoble tache faite sur l'honneur et sauvegarder ce qui leur importait le plus: l'image qu'elles renvoyaient dans le petit ballet d'ombres de nos insignifiantes existences. Personne ne supporte la honte.

Les deux gaillards qui avaient ouvert la tombe pour déterrer l'homme étaient peut-être ses frères. L'énergie qu'ils avaient mise à creuser était aussi celle de leur lutte contre la honte suprême : la peur de ne plus appartenir à l'humanité, la peur tout humaine de n'être plus admis comme homme au sein des hommes. Je peux les comprendre, et comment! Tout le monde devrait le comprendre. Nous sommes souvent durs envers l'humanité, sa bêtise, ses fautes et sa laideur, mais nous n'avons qu'elle. Elle est notre seule vraie famille, notre unique refuge contre notre solitude. Oui, nous sommes fondamentalement seuls et, sans la communauté de solitudes que forme et nous offre l'humanité, aucun de nous ne tiendrait un round face à lui-même. On réussit à continuer à vivre parce qu'on sait que tous, riches, pauvres, Juifs, Miss Univers, prix Nobel, et même les Américains, tous sont aussi seuls que nous. Cette idée est faible, égoïste, lamentable, je l'admets. Elle est désespérante et ne fait aucun cas de l'amour. Mais elle a aussi pour moi quelque chose de bassement réconfortant.

Mon père arrivait à la fin de son prêche. Il conclut que nous devions faire un effort pour être moralement plus rigoureux, unique manière de lutter contre les homosexuels, dont les affaires avaient causé trop de scandales dans le pays. Il termina en évoquant une dernière fois l'homme déterré : « La seule chose qu'on peut faire pour cette créature de Dieu, c'est prier pour que Dieu ait pitié de son âme. »

6

La dernière phrase de son prêche avait valu à mon père certaines critiques. C'est du moins ce qu'il m'expliqua après le dîner auquel il m'avait invité chez lui le soir même.

– Après la prière, Mohammadou Abdallah…

– Ton rival ? coupai-je.

– Ce n'est pas mon rival… Enfin, on ne peut pas l'appeler comme ça… Mais oui, lui… Il est venu me voir avec quelques dignitaires du quartier. Ils m'ont dit que la fin de mon prêche avait tout gâché. Que c'était bien jusque-là. Mohammadou Abdallah a même parlé de sabotage. Il était très en colère.

– Pourquoi ?

– Parce que j'ai dit à la fin qu'il fallait prier pour… pour cet homme. D'après Mohammadou Abdallah, c'était une parole irresponsable et lourde de sens.

– Pourquoi ?

– Pourquoi? Mais allons donc, Ndéné, c'est évident: parce qu'on ne demande pas à des musulmans de prier pour un homosexuel!

Nous restâmes silencieux un temps, puis mon père reprit, moins nerveusement:

– Il a raison. Je n'aurais pas dû dire ça... On pouvait croire que j'éprouvais de la pitié pour lui.

– Ce n'est pas le cas?

– On ne peut pas se permettre d'avoir pitié des *góor-jigéen*. Il faut seulement prier pour qu'ils soient le plus loin possible de nous et de nos familles.

Adja Mbène entra à ce moment-là. C'était la seconde femme de mon père, la coépouse de ma défunte mère. De façon assez incroyable, ma mère et elle s'étaient toujours beaucoup aimées, presque comme des sœurs. Je dis incroyable, car je n'ai jamais imaginé un ménage polygame heureux; tout au plus peut-il être harmonieux. Ce qui est souvent suffisant. Bien que ma mère et Adja Mbène m'aient prouvé le contraire, je n'avais jamais pensé, et je ne le pensais toujours pas, que deux femmes partageant le même homme pouvaient réellement s'apprécier, et encore moins s'aimer. Le cas de ma mère et de ma marâtre restait pour moi l'exception confirmant la règle.

Après la mort de ma mère, dont j'étais l'unique enfant, Adja Mbène, qui en avait donné deux à mon père (ils faisaient leurs études hors du pays), m'avait naturellement traité comme son troisième enfant, en souvenir de son amitié avec ma mère, dont la mort l'avait profondément attristée. Il m'arrivait même de croire qu'elle me témoignait un amour qu'elle ne montrait pas à ses propres enfants, en raison de ce sentiment étrange qui rapproche ceux qui ont perdu quelqu'un d'unique, et qui tentent, par l'amour redoublé qu'ils se donnent, de reporter chacun sur l'autre l'affection qu'ils avaient pour l'être absent. J'aimais Adja Mbène. Je l'aimais non comme une seconde mère, car cela n'existe pas, mais comme une femme que ma mère avait sincèrement aimée.

– Vous parliez des homosexuels, dit-elle en s'asseyant. J'ai entendu... Ton père m'a raconté ce qui s'était passé à la mosquée. Je lui avais pourtant dit d'éviter ce sujet pour son prêche. Parler des homosexuels cause toujours des soucis...

– Pourtant, c'est toi qui m'as envoyé la vidéo, observa mon père.

– Oui, c'est vrai, admit Adja Mbène en me regardant d'un air légèrement gêné. C'est ta demi-sœur qui me l'a envoyée. Elle est même arrivée au Canada! Je l'ai montrée à ton père. *Ndeïsaan*... Ce pauvre homme... Mes chairs ont frémi quand j'ai vu son corps sortir de la tombe... *La Illah*... Un cadavre... Il avait sans doute déjà vu l'Ange de la Mort, et on l'a tiré de sa dernière demeure. Je n'en ai pas dormi de la nuit, demande à ton père...

– Il prétend qu'il ne faut pas avoir pitié de lui.

– Ah bon? Tu as dit ça, Majmout? (Elle s'était tournée vers mon père.) Ça m'étonne. Si on ne peut pas avoir de pitié pour lui, qu'est-ce qui reste? À part la pitié, quoi d'autre? Ces gens-là... (Elle me regarda de nouveau.) J'en ai parlé à ton père... Je crois que ce sont des malades. On doit les soigner... J'ai une amie qui a une sœur dont le fils est comme ça, mais elle l'a emmené voir un guérisseur réputé, et depuis il est redevenu normal. Il a épousé une femme et il a des enfants. Il paraît même qu'il s'apprête à prendre une *ñareel*[1]. Il s'est complètement détourné du mauvais chemin, ses démons l'ont laissé tranquille. C'est pour ça que je dis qu'ils sont malades... Les pauvres, ils n'ont pas choisi... Pas tous, bien sûr. Il y en a qui font ces choses...

— Lesquelles?

— Tu sais bien, Ndéné, tu sais bien quelles choses. Il y en a qui les font par plaisir, pour provoquer, ou parce qu'ils aiment vraiment ça, *subhanallah*. Ils le font pour imiter les Blancs. Ils ne savent pas que ce qui convient aux Blancs là-bas, chez eux, ne peut pas convenir ici, chez nous. On a nos traditions, notre culture... On ne doit pas imiter. Je crois vraiment que c'est une maladie chez la plupart d'entre eux... C'est à l'hôpital qu'il faut les envoyer, ou chez des marabouts...

— Ils ne sont pas malades, intervint lentement mon père, d'une voix dure. Comment Dieu les aurait-Il frappés d'une maladie qui serait un péché? Il ferait d'eux les coupables d'une faute dont ils ne seraient pas responsables? Une faute d'origine divine, *astafirulah*, c'est impensable. Tout ça relève d'un choix conscient. Ces hommes ne sont pas malades. Dire qu'ils sont malades, Mbène, ce serait comme dire que Dieu est à l'origine de l'homosexualité...

— *Astafirulah*, ne me fais pas blasphémer, je n'ai jamais dit ça, Majmout!

---

1. Deuxième épouse.

– Ah, tu vois ! Il faut leur laisser la responsabilité, le choix. Ce que je crois, c'est que ce sont des gens qui se sont égarés, qui ont perdu leur foi, leur culture. Ils imitent des choses mauvaises, qui ne sont pas d'ici. Vraiment, elles ne sont pas d'ici. Ça fait partie des nombreux péchés que le Blanc a apportés.

– C'est vrai, dit Adja Mbène, c'est ce que je disais.

Un nouveau silence s'installa, au cours duquel ma réflexion sur tout ce qui venait d'être évoqué se cristallisa en une question que je voulais éviter de poser à mon père et à Adja Mbène sous cette forme brute. Tout simplement, je savais que cette question mettrait mon père et Adja Mbène mal à l'aise. Elle les forcerait à sortir du champ des généralités banales et à s'engager pleinement dans une vraie réflexion, inconfortable, douloureuse, précise. Elle les obligerait à passer d'une opinion globale à un engagement personnel qui ébranlerait leur tranquillité. Je ne leur en voulais pas : ils étaient loin d'être les seuls, dans cette société, persuadés de réfléchir alors qu'ils ne professaient que de vagues opinions sans danger pour leur esprit. La plupart des gens pondaient des opinions extérieures à eux, sur des objets qui ne les engageaient à rien et en rien. Ils parlaient sans conséquence. C'est ce qui leur permettait de dire toutes les stupidités possibles impunément, sans même s'en rendre compte. Rien de plus facile. Le dernier des imbéciles est capable de donner un avis superficiel sur un sujet qui lui est étranger. Or c'est parler des choses qu'il faudrait, je veux dire de l'intérieur des choses, de cet intérieur inconnu, dangereux, qui ne pardonne aucune imprudence, aucune bêtise, comme un terrain miné...

— Si vous aviez eu un enfant *góor-jigéen*, qu'auriez-vous fait?

Voilà, je n'avais pu retenir la question. Elle s'était échappée hors de mon esprit et de mes lèvres par effraction. Adja Mbène leva sur moi des yeux apeurés, et les baissa aussitôt. Je sentis qu'elle ne voulait pas répondre avant son mari. C'était à lui de s'exprimer sur une question aussi dangereuse. Mon père, lui, n'avait pas bougé dans son grand fauteuil, mais j'avais senti le frémissement profond qui l'avait saisi, un frémissement qu'une grosse veine subitement apparue à sa tempe droite, en forme d'un T, avait trahi. Silence d'éternité. Ses yeux flamboyaient d'une colère que je n'avais pas vue depuis longtemps. Sa voix s'abattit comme un orage métallique.

— Ta question ressemble à une insulte. Je n'ai pas d'enfant *góor-jigéen*. Et même si j'en avais un…

Il se tut, comme s'il ne savait pas quoi dire après ça. Quelques secondes. Il finit par continuer :

— Si j'en avais eu un, ce serait ma faute : c'est que j'aurais failli à l'éduquer, à faire de lui un vrai homme et un bon musulman.

— Oui, mais tu ne me dis toujours pas ce que tu aurais fait, papa. Et c'est ça que je veux savoir : ce que tu aurais fait. Ce que tu aurais fait de lui. Comment tu aurais réagi.

Je savais que j'allais trop loin, mais la question était posée. Je voulais une réponse. Je n'aurais pas supporté qu'on ne me la donne pas.

— Ndéné, tu es impoli. On n'interroge pas comme ça son père. Je n'ai aucune raison, encore une fois, de réfléchir à une hypothèse si farfelue. Mais si tu insistes, avec ta curiosité déplacée, je vais te dire : si j'avais eu un enfant *góorjigéen*, il ne serait plus mon enfant.

— Comment ça ?

— C'est pourtant clair : je le renierais.

Sur ces mots prononcés d'une voix encore plus dure, mon père se leva et gagna sa chambre. Adja Mbène me regarda à son tour, comme si elle se sentait désormais autorisée à parler.

— On ne pose pas ce genre de question. Tu connais ton père. Sur certains sujets…

— Et toi ?

— Moi, quoi ?

— Si tu avais un enfant homosexuel…

— Que veux-tu que je te dise, Ndéné ? Elle baissa un peu la voix, comme si elle craignait que mon père ne l'entende. Un enfant est un don de Dieu. Pour moi, un enfant est un enfant. Que puis-je faire, sinon l'aimer, même différent ou malade ? J'aurais prié Dieu nuit et jour pour qu'Il guérisse mon enfant, mais je l'aurais aimé. Si moi, sa mère, je ne l'avais pas aimé, qui l'aurait fait ? Ndéné, ton père a raison. Il ne faut pas poser ces questions-là. Excuse-toi avant de partir, sinon ça va retomber sur moi.

Mon père sortit de sa chambre une heure plus tard. Je voyais bien qu'il avait lutté pour recouvrer un peu de sérénité. Il avait perdu. Des traces de sa proche colère demeuraient visibles sur son visage, dans une légère crispation de sa mâchoire. Je n'avais pas encore ouvert la bouche qu'il commença :

– Je sais ce que tu penses. Tu considères peut-être que je suis homophobe, comme disent les gens instruits, toi par exemple, les gens qui sont pour que chacun ait des droits. Ne nie pas, je sais que tu es devenu l'un d'eux depuis ton retour de France. Voilà pourquoi, contrairement à ta mère, je ne voulais pas que tu partes. Mais je ne suis pas homophobe. Ou peut-être que je le suis. Tout dépend de ce que tu mets derrière ce mot. Je ne hais pas ces gens, je ne souhaite pas leur mort, mais je ne veux pas que ce qu'ils font, ce qu'ils sont, soit considéré comme normal dans ce pays. Si c'est ça, être homophobe, j'assume de l'être. Chaque pays a des valeurs sur lesquelles il s'est construit. Nos valeurs ne sont pas celles-là. Tout simplement. On ne peut pas les accepter comme quelque chose de banal, ce serait le début de notre mort, une trahison de nos ancêtres et de nos pères spirituels. Pire : une trahison de Dieu. Pour moi, c'est clair : si une minorité menace la cohésion et l'ordre moral de notre société, elle doit disparaître. Au moins, elle doit être réduite au silence, par tous les moyens. Ça peut te sembler cruel, inhumain, mais il n'y a pas plus humain, Ndéné. Écarter ceux qui gênent, par la violence s'il le faut, pour protéger le plus grand nombre et sauvegarder sa cohésion, il n'y a pas plus humain. C'est presque un instinct de conservation, de survie. Je le répète : déterrer cet homme du cimetière était ce qu'il y avait à faire. On ne peut pas être *góor-jigéen* ici, sur cette terre où tant de saints ont vécu, et prétendre reposer dans un cimetière musulman. C'est impensable. Impensable. J'aurais fait la même chose à la place de ces hommes qu'on voit dans la vidéo : j'aurais retroussé mes manches, et je l'aurais déterré. Même s'il avait été mon propre fils. Autrement dit…

Il me regarda dans les yeux, fixement, comme s'il voulait par là me donner la preuve absolue de sa conviction. Il n'y avait aucun doute désormais : mon père était dans la parturition de sa vérité intime. Il était sorti du champ des généralités pour descendre en lui-même, et s'affronter, s'autopsier, découvrir et dire ce qu'il pensait vraiment. Ce travail lui avait beaucoup coûté, et je respectais son courage, car il en faut pour exposer ce qu'on pense, même à son fils. Sa mâchoire s'était durcie ; sa noblesse, dissipée. Sur sa tempe, le T s'était transformé en une lettre inexistante dans l'alphabet latin, une sorte d'idéogramme chinois complexe. Il marquait son visage comme un sceau maléfique. Mon père continua d'une voix étranglée, mais sans faiblesse :

– Autrement dit, Ndéné, si c'était toi qui avais été sous terre, enterré dans ce cimetière, et que j'avais eu la certitude de ton homosexualité, je t'aurais déterré. Je t'aurais déterré sans hésitation, sans pelle ni pioche… De mes propres mains.

Il me montra ses deux mains. Je vis qu'elles tremblaient légèrement. Mon père regagna sa chambre sans rien ajouter. Je dis au revoir à Adja Mbène et partis.

7

Les jours suivants, je cherchai tous les prétextes possibles pour revoir Rama. Je savais qu'elle n'accepterait pas si facilement, je devais avoir de solides arguments. Ses colères étaient terribles, obstinées, longues, celles d'une femme indépendante et libre qui ne devait rien à un homme, encore moins à son sexe. Elle était un mélange de détachement et de passion qui forçait l'admiration, puis, immanquablement, le désir. Il suffisait de quelques instants avec elle pour comprendre qu'elle ne s'attacherait jamais à vous, mais qu'elle pouvait vous aimer plus que vous auriez jamais rêvé de l'être le temps que vous seriez avec elle. Grande sainte et grande libertine... Sauvage et maternelle... Elle apparaissait quand elle le voulait, repartait quand elle le voulait. Je la trouvais insaisissable et si obsédante pourtant, dans la grande tradition des vraies maîtresses.

De son visage, entre tous les détails qui eussent chacun épuisé mille blasons sans pourtant que leur splendeur fût rendue, ce visage qu'on pouvait se permettre de regarder longtemps sans craindre de l'épuiser, de son visage, donc, je préférais la bouche, la grande bouche généreuse, aux lèvres à jamais inassouvies, desquelles il suffisait que je détache les miennes pour qu'aussitôt un violent sentiment de manque me prît, comme si elles m'avaient transmis leur soif d'être embrassées ou d'embrasser toujours. Elle me laissait l'embrasser avec passion. Cela l'amusait un peu, je crois. Chaque fois que je me jetais sur ses lèvres avec l'ambition, voire, les jours d'orgueil fou, la certitude d'y éteindre le feu, Rama, alors que je tendais mon visage vers le sien, esquissait un sourire tendre et moqueur, comme celui qu'une poseuse de devinettes aurait adressé à un candidat essayant encore, après des heures d'échec, de résoudre une de ses énigmes.

Mais il y avait plus mystérieux que sa bouche. Il y avait ses cheveux ou, plutôt, sa chevelure : masse lourde et noire de longues dreadlocks dont les bouts flattaient le galbe à la naissance de ses fesses. Cette chevelure était pour moi un mystère épais. Elle m'obsédait plus que la bouche inassouvie pour une raison toute simple : Rama me défendait d'y toucher. Pour quelle raison au juste ? Je l'ignorais. Elle me refusait toute explication. Elle se mettait en colère chaque fois que je voulais prendre cette chevelure, en prendre une tresse pour la sentir, la peser, la mordiller. Un secret semblait résider au cœur de cette chevelure dense et pesante. J'étais convaincu que, comme certains de nos anciens rois, ou comme Samson, le siège de la force de Rama, la clef de son mystère étaient dissimulés dans cette forêt, et qu'il fallait que j'y plonge ma main, que j'y plonge mon être tout entier si je voulais la posséder entièrement. J'essayais, mais elle m'en empêchait.

Elle acceptait que je la caresse furtivement, que je la touche à sa surface, mais il suffisait que je veuille y attarder la main, que je désire l'empoigner et en éprouver toute la texture, pour qu'elle m'arrête sèchement. Même lorsque nous dormions ensemble, elle refusait que je touche ses cheveux avec trop d'insistance. Je pouvais les sentir. Je pouvais y poser les lèvres. Mais les tenir fermement, jamais. Naturellement, j'avais déjà essayé de profiter de son sommeil pour découvrir son secret et, peut-être, le voler. Mais comme si cette partie était la plus nerveuse et la plus sensible de son corps, Rama se réveillait en sursaut dès que je touchais sa chevelure ou que j'en approchais les mains. Les seuls moments, en fin de compte, où elle me laissait agripper ses cheveux, c'était lorsque nous faisions l'amour.

Mais ça ne comptait pas : pendant l'amour, je manquais de lucidité. Le plaisir que Rama me procurait m'aveuglait tant que je ne voyais pas nettement le secret de ces grosses nattes noires. Celui-ci était pourtant découvert, exposé, mais ma jouissance le couvrait d'une sorte de voile qui m'en éloignait encore. D'où la soif que j'avais de lui faire l'amour, encore et encore, en me promettant chaque fois de garder assez de présence d'esprit pendant notre étreinte pour enfin voir ce qu'il y avait là. Mais le plaisir finissait toujours par me submerger au moment crucial et je ne voyais jamais rien. La chevelure de Rama restait un fruit défendu, et sans doute cette idée avait-elle secrètement fini par me plaire. J'aimais l'idée que quelque chose en elle m'échappe toujours. Sa bouche... Sa chevelure… J'aimais l'idée qu'elle soit pour moi plus qu'une énigme : une addiction puissante, une drogue dure, un poison de serpent. Mon mal et mon remède.

Je ne connaissais personne qui sût comme elle vous donner l'impression d'être compris, écouté. On sortait de sa rencontre sans illusions sur les hommes, mais, paradoxalement, avec une foi retrouvée, même provisoirement, en l'humanité. Certaines des histoires qu'elle m'avait racontées pour les avoir vécues ou vues ne laissaient que peu de place à l'espoir ou à la bonté. Mais la tranquille simplicité avec laquelle elle faisait de son mieux pour n'être pas pire chaque jour était admirable. Elle n'était pas naïve. Au contraire, elle me donnait l'impression d'avoir atteint un haut degré de lucidité : elle connaissait parfaitement ses forces et ses limites, sa part de lumière et sa part d'ombre. Cette assomption entière de son âme lui offrait un luxe humain rare : celui de ne pouvoir s'en prendre qu'à elle-même quoi qu'il arrive. Elle était sa propre loi et sa propre transgression.

Elle travaillait dans le milieu de la nuit. Je n'ai jamais su en quelle qualité d'ailleurs, et cela faisait longtemps que je n'avais plus envie de savoir, car cette ignorance était le lit de bien des fantasmes. Je la rêvais éclatante dans l'univers interlope et sordide, effrayant et séduisant, des libertins de la bourgeoisie dakaroise qui se livraient, au milieu de flots d'alcool, d'argent, d'urine et de merde, à d'inimaginables pratiques, inconnues de Sade lui-même, et qui avaient pour moi l'attrait monstrueux et puissant de l'étrangeté.

Cela faisait quatre ans que nous nous fréquentions. Je l'avais rencontrée à l'époque où, ayant abandonné mes rêves héroïques de réforme de l'université, je passais mes nuits à faire le tour des bars et des bordels, pour vivre la poésie au lieu de la lire et de la commenter. J'avais fait sa connaissance dans une boîte de nuit. C'était elle qui m'avait abordé et invité à danser. Pendant qu'on dansait, tout en me disant que je lui plaisais, elle m'avait saisi les couilles avec un mélange de fermeté et de tendresse qui m'avait fait glousser de plaisir et de douleur mêlés. La poésie, enfin… Depuis ce jour, nous nous voyions régulièrement. Ce n'était pas seulement une relation charnelle. À son contact je regagnais une tonicité intellectuelle, voire spirituelle, que l'université ne m'offrait plus. Elle n'avait pas le bac, pourtant je me sentais ridiculement stupide à son côté.

Je n'avais jamais songé à me mettre en couple avec Rama. Seulement au lit. D'ailleurs, elle n'aurait jamais voulu que nous fussions autre chose que des amants passagers, et c'était tant mieux. Bisexuelle, elle ne souhaitait renoncer ni aux hommes ni aux femmes, qu'elle chérissait également d'un puissant amour. Je n'étais pas jaloux à l'idée de ne pas être son seul amant. Au contraire, je me considérais comme une expérience à part entière, avec mes qualités, ce que j'avais d'unique par rapport à d'autres et que je lui apportais. Je savais qu'elle aimait en moi bien des choses qu'elle ne retrouvait pas ailleurs et que c'était précisément ce caractère singulier de chacun de ses amants, de chacune de ses maîtresses, qui l'enchantait. Refusant de renoncer aux infinies variétés du plaisir, Rama était comme une enfant qui s'émerveillait de ses multiples nuances. Rien dans sa quête de jouissance et de bonheur n'était vulgaire. Je la partageais volontiers avec d'autres, comme elle me consacrait dans la spécificité de ma richesse. Une hédoniste. Oui, c'est ça : elle était une hédoniste. Elle n'était pas dans une quête effrénée et égoïste du plaisir, elle vivait dans une relation au monde où le plaisir serait en partage, en toute liberté.

Je finis par l'appeler, résolu à lui parler. Sa voix ne fut pas moins glaciale. Je bégayai quelques instants, confus, apeuré, complètement dominé par le souffle à l'autre bout du fil. Puis je lui avouai qu'elle me manquait. Elle me répondit que si c'était tout ce que j'avais à dire, elle devait retourner au travail. Je lui demandai si elle pouvait m'envoyer la vidéo.

– Celle dont tu ne sais pas quoi penser ?

– Celle dont je ne savais pas quoi penser.

– Parce que tu sais, maintenant ?

– Non.

– Pourquoi tu m'appelles, alors ?

– Parce que je veux savoir. Il faut que je la revoie. Je ne la trouve pas sur Internet.

– Normal. Le gouvernement veille à ce qu'elle n'y apparaisse pas. On ne la trouve que dans les téléphones. Je te l'envoie.

Elle raccrocha et, quelques minutes plus tard, je recevais la vidéo sur Whatsapp. Je n'avais pas menti en disant qu'elle avait occupé mes pensées ces derniers jours. Le prêche de mon père m'avait ramené à elle, et la discussion que nous avions eue à son propos l'avait imposée à mon esprit.

Je me surprenais, en pleine préparation d'un cours, à penser à la foule, aux respirations, aux halètements, aux deux gaillards musclés en plein effort, le corps luisant de sueur. Je pensais à la tombe ouverte dans la terre comme un sexe, un sexe d'où, au sens propre comme figuré, ne sortirait que la mort. Je n'avais pas revu les images depuis le soir où Rama me les avait montrées, mais elles me revenaient à certains moments, avec une netteté telle qu'on les aurait crues projetées directement sur les parois de mon esprit. Il arrivait que j'entende le bruit du corps retombant sur le sol dans la poussière. La blancheur de la percale m'aveuglait parfois dans un éclair douloureux, en pleine lecture. Des détails que je n'avais pas remarqués la première fois m'apparaissaient. Je doutais de leur réalité, et finis par me demander si ce n'était pas mon souvenir qui me jouait des tours, jetant une lumière crue sur certaines choses qui, normalement, auraient dû commencer à s'enfoncer dans les brumes de ma mémoire.

Ces deux derniers jours, par exemple, deux détails me hantaient. Le premier était le visage de l'homme déterré, qu'il ne me semblait pas avoir vu dans la vidéo, mais dont les traits, sans que je puisse l'expliquer, s'étaient peu à peu dessinés dans ma tête, lentement mais de plus en plus précis, comme dans ces casse-têtes, lors de certains jeux télévisés, où un visage mystérieux, progressivement, par soustraction des bandes noires qui d'abord le dissimulaient, se révèle aux candidats qui doivent l'identifier. J'avais l'impression que le visage de l'homme déterré avait émergé des ténèbres de ma conscience comme celui d'un noyé des profondeurs d'une tourbière. Il avait des traits grossiers, laids, lourds, une de ces gueules ingrates et grotesques qu'on ne prêterait et ne souhaiterait qu'au diable. Mais c'était en même temps, comme le diable lui-même, un de ces êtres séduisants, tentants, beaux par leur laideur même, si on admet l'idée que la beauté soit, avant tout critère esthétique, ce qui fascine l'œil, voire l'âme. Rien de plus attirant que le laid, rien de plus beau que le Mal. Vieux motif. J'avais donc vu ce visage répugnant et hideux au moment où le linceul avait cessé de le protéger ; non seulement vu, mais aussi regardé, comme si je m'attendais à ce qu'il reprenne vie et exprime quelque chose, un sentiment.

Le second détail me troublait davantage. C'était le sexe de l'homme. Je l'avais aperçu, mais si peu qu'il ne m'avait pas marqué. Maintenant, son image ne me quittait plus, comme si je l'avais dévoré des yeux de longues secondes au ralenti : un énorme sexe circoncis à la tête lisse et au corps sombre, voire obscur, incroyablement obscur, donnant l'impression qu'on avait jeté sur lui une lumière noire, un sexe veineux, légèrement incurvé vers la gauche, pendant d'une toison fournie et emmêlée. Ce qui me troublait le plus n'était pas la taille de ce sexe, ni même qu'il m'apparaisse avec autant de force. Ce qui me troublait le plus, et qui me persuadait que ces images n'étaient que des hallucinations, c'était que cette bite fût si vigoureuse. Elle bandait. Or les morts ne bandent pas, que je sache. Pour m'expliquer cette érection, j'inventais des hypothèses farfelues ou blasphématoires – j'imaginais que, sitôt enterrés, les morts ressuscitaient, pleins d'un brûlant désir, prêts à se taper tout ce qui se présenterait à eux : autres morts, anges, messagers, chérubins, vierges qui ne le seraient donc bientôt plus, saints, envoyés, Satan… Tout cela, qui me faisait beaucoup rire et frissonner d'un obscur plaisir. Était-il causé par le sentiment très adolescent de m'abandonner à d'inavouables pensées, ou par la folie qui me guettait ? Folie. Ou hallucination. Je n'avais vu la vidéo qu'une fois, plus de dix jours auparavant, en pleine nuit, enivré de plaisir sexuel et d'odeurs de tabac. Je ne comprenais pas, même si la vidéo était revenue plusieurs fois dans mes discussions et pensées, même si ce cadavre exhumé me poursuivait, me hantait presque, je ne comprenais pas comment j'en étais arrivé à voir si clairement le visage et le sexe de cet homme. Avais-je une si grande faculté d'imagination ? Étais-je plus bouleversé que je ne le pensais par cette vidéo ? Et si ces images n'étaient qu'illusions, pourquoi étaient-elles précisément celles-là : le sexe et le visage ? Pourquoi pas sa main ? Pourquoi pas son ventre, ses genoux, son cou ? Pourquoi son visage et son sexe ?

Au moment d'ouvrir la vidéo que Rama venait de m'envoyer, j'ignorais ce qui pouvait m'effrayer le plus : que les représentations que je m'étais faites du visage et du phallus de l'homme soient vraies, ou qu'elles ne le soient pas. Dans le premier cas, cela signifiait que j'étais incapable de les oublier, qu'elles m'avaient marqué, qu'elles me hantaient, qu'elles m'obsédaient. Dans le second cas de figure, cela voulait dire que je désirais qu'elles ressemblent à mes fantasmes. En tout cas, non seulement ma pensée était occupée par ce *góor-jigéen*, mais je commençais à éprouver pour lui quelque chose que je répugnais à appeler un sentiment, mais qui devait bien être de cet ordre. Quel sentiment ? La question me parut idiote, et les mots d'Adja Mbène prirent soudain tout leur sens : « Peut-on éprouver pour ces gens un sentiment autre que la pitié ? » Ce ne pouvait, ne devait être que de la pitié.

J'ai regardé la vidéo des dizaines de fois, jusqu'à la nausée. Chaque fois, le même haut-le-cœur me secouait au moment où le cadavre était tiré de la tombe. La question du visage et du sexe ne fut en rien résolue. Elle me troublait même davantage, et pour cause : à aucun moment le visage de l'individu n'était visible et je n'avais donc pu le détailler (d'où alors me venait l'obscure certitude que l'homme avait ce visage laid et fascinant ?) ; quant au sexe, on ne le voyait qu'une seconde à peine, mais cela suffisait : il n'était certes pas aussi impressionnant que dans mes représentations, mais pas loin. J'ai fait un arrêt sur image et zoomé : aucun doute n'est permis, il avait une érection. J'ai aussi remarqué un autre détail qui m'avait échappé lors de mon premier visionnage : on ne voit ni n'entend aucune femme.

Plus tard, je rappelai Rama. Je savais qu'elle répondrait, elle ne dormait jamais vraiment la nuit.

— Qu'est-ce que tu veux encore ?

— Te demander quelque chose : sais-tu où s'est passée la scène captée par la vidéo ?

— Tu m'as déjà posé la question. Je vais te donner la même réponse : non, je ne sais pas.

— Tu ne sais pas qui c'est ? Je veux dire, qui est l'homme déterré ?

— Non. Je ne sais pas. C'est important pour toi, maintenant ?

Je restai silencieux un moment, ne sachant quoi dire. D'une part, non, il n'avait aucune importance. Je ne le connaissais pas et il était mort. Mais, d'autre part, la vidéo me mettait si mal à l'aise que j'éprouvais le besoin d'en savoir plus sur ce type dont le sexe et le visage me hantaient. Il fallait que je sache son nom, à quoi il ressemblait. Du reste, il me fallait aussi savoir ce que son corps était devenu. Avait-il été remis en terre? Et où? Quel cimetière l'avait accepté? Un cimetière musulman? Il n'y avait pas droit, mon père me l'avait bien fait comprendre. Un cimetière chrétien? Serait-il mieux toléré là que dans un cimetière musulman? Un cimetière de *góor-jigéen*? Impensable... On avait peut-être brûlé son corps. Ou enterré en pleine nuit dans un endroit inconnu. Ou abandonné dans un puits. Ou noyé dans la mer. Ou jeté en pâture à des chiens affamés. Ou balancé en plein désert, pour qu'il pourrisse et soit bouffé par les charognards... Le fait est que je ne savais rien de cet homme qui occupait mon esprit ces derniers temps.

Mon silence durait. Rama n'avait pas raccroché. Elle finit par reprendre, d'une voix qui me sembla radoucie:

– Je connais quelqu'un qui pourrait t'aider. Je ne te promets rien. Mais elle saura peut-être te donner une piste.

– Je te...

– Ne me remercie surtout pas.

– D'accord. Quand se voit-on?

– Qui a dit qu'on se verrait?

Je ne dis rien. Elle testait mon humilité, réaffirmait sa liberté. Quelques secondes passèrent, au cours desquelles elle s'assura que j'étais à ses pieds. La délivrance vint enfin:

– Dans quelques jours. Je te contacterai. Maintenant laisse-moi, Ndéné, on me demande. À très vite. Heureuse de voir que tu es redevenu toi-même, jusqu'à la prochaine dépression dans la bêtise.

Elle raccrocha. Je m'endormis peu après et rêvai de mon père : j'étais le seul fidèle dans une grande mosquée et lui, à la place de l'imam, me récitait non un verset du Coran, mais un poème de Verlaine.

8

Mon cours suivant, que j'avais décidé de consacrer à quelques poèmes des *Fleurs du mal*, touchait à sa fin quand les étudiants réagirent. Une main au fond de l'amphithéâtre se leva.

– Oui, Ndiaye?

– Euh... Monsieur Gueye, excusez-moi, nous souhaiterions vous parler avant la fin du cours.

– Me parler? À quel sujet?

Mon ton sec avait dû intimider l'étudiant Ndiaye, car il s'interrompit, regarda autour de lui, cherchant manifestement le soutien de ses camarades qui – pas tous mais plusieurs – lui lancèrent des œillades d'encouragement, lui firent de petits signes de tête approbateurs et confiants, levèrent vers lui de gros pouces de soutien.

– Alors, Ndiaye?

– ... Eh bien... nous aimerions vous parler de notre dernier cours. Celui de la semaine dernière. Vous vous rappelez? Celui sur Verlaine. Vous vous en souvenez?

— Ne soyez pas bête. Évidemment, je me rappelle ce cours. Et alors, que se passe-t-il ? Si vous avez des questions, il y a toutes les références dans…

— À vrai dire, monsieur… En fait… Ça concerne l'œuvre de Verlaine… Sa vie aussi…

— Soyez plus clair, Ndiaye ! Je ne vois pas où vous voulez en venir.

— Pardon, monsieur Gueye. Un de nos camarades nous a signalé quelque chose d'étrange dans sa biographie… D'abord, êtes-vous au courant que le ministère a interdit de l'étudier ?

— Je ne l'ignore pas. Où est le problème ?

— Dans sa biographie…

Raphaël Ndiaye leva bien haut son manuel, en indiquant la page de la biographie de Verlaine. Il n'était pas nécessaire que je la parcoure du regard. Je la connaissais par cœur.

— Oui, et alors ? répétai-je. Qu'a-t-elle, sa biographie ?

— Eh bien, vers le milieu du texte…

Il s'arrêta, regarda encore autour de lui. Cette fois-ci, plus aucun de ses camarades ne le soutenait ; tous avaient la tête baissée. Il était seul, très seul et très responsable. J'en profitai :

— Quoi, Ndiaye ? Je n'ai pas le temps de bavarder. Dites-moi.

— Vous savez pourquoi Verlaine a été interdit par le ministère… Il… il fait partie des *góor-jigéen*. C'est sûr et certain. C'était un homo connu. Sa biographie dit que « le 10 juillet 1873, à la suite d'une dispute avec Rimbaud, Verlaine dégaine un pistolet, tire, et…

74

– ...touche son jeune amant au poignet», achevai-je.

Un silence absolu suivit mes mots, les élèves fixaient sur moi des yeux de franc défi. Chez certains, c'était même de la colère.

– Et alors? dis-je.

Ce ne fut pas Raphaël, mais Al Hassane, son voisin, qui me répondit.

– Vous venez de le dire vous-même, monsieur... Verlaine était un *góor-jigéen*... L'amant de Rimbaud...

– Oui. Il l'a été. Mais je ne vois pas où vous voulez en venir. Où est le problème?

– Il aimait les hommes. Voilà le problème.

– Il aimait aussi les femmes. Mais ça ne change rien. Verlaine était un *góor-jigéen*. Il pouvait être mille autres choses aussi. Il pouvait aimer les animaux. Mais l'essentiel c'est que Paul Verlaine était un grand poète. Qu'est-ce que ça change à sa poésie qu'il ait été un *góor-jigéen*?

– Ça change quelque chose, monsieur, répondit Al Hassane. Il a couché avec des hommes, ça change même tout. Ça change tout car...

Al Hassane hésita quelques secondes à continuer, conscient que ses prochaines paroles l'engageraient personnellement, même s'il s'exprimait, je le voyais bien, au nom du groupe.

– Car?

– Car vous nous enseignez la poésie d'un homosexuel... Ça peut avoir une influence sur nous. C'est pourquoi le ministère a interdit d'étudier Verlaine. Il fait partie de la grande propagande européenne pour introduire l'homosexualité chez nous. On ne l'acceptera plus. Les programmes vont changer, *In Sha Allah*.

Un étrange silence, lourd comme un reproche, succéda à la déclaration de l'étudiant. J'avais envie de répondre aux élèves, comme Proust le fit à Sainte-Beuve, qu'il y avait deux hommes chez un écrivain : l'homme ordinaire, celui qui arrive en retard, fait la lessive, relève le courrier, rate ses plats, promet qu'il ne boira qu'un verre ou qu'il sera à l'heure, le moi social, donc, et l'artiste, le moi profond, celui qui crée, travaille à dire le monde, cherche en lui la beauté, quitte à fouiller dans la laideur. Chez Verlaine, j'aimais le poète, l'homosexuel m'importait peu. Mais je savais que ma réponse semblerait absurde aux étudiants. Ils ne réussiraient jamais à admettre que Verlaine ait été un homosexuel. Ils le lui reprocheraient toujours. Je les comprenais : la culture, l'éducation, les valeurs qu'on leur avait inculquées les avaient conduits à refuser de fermer les yeux sur les homosexuels, Verlaine ou d'autres. Verlaine a eu des relations homosexuelles. Les élèves ne pouvaient l'accepter. Ils n'iraient jamais au-delà de ce fait si grave à leurs yeux. Ils ne verraient jamais la beauté de la poésie de Verlaine, puisque sa personne était impure. Dans ce pays, Proust a tort, éternellement tort, et Sainte-Beuve a raison. Il était inutile d'essayer de faire admettre à mes étudiants que Verlaine, l'homme, qui s'adonnait à l'homosexualité, était différent de Verlaine, le grand poète. Pour eux, pour leurs parents, pour tant de gens dans ce pays, cette distinction était absurde : un homme n'est que ce qu'il fait. Une part forte de notre culture était fondée sur ce principe de non-distinction. Je savais que je n'arriverais pas à différencier les Verlaine. Les élèves ne le verraient jamais que dans son unité, ils exigeaient son unité : celle d'un homosexuel qui avait écrit des poèmes où l'homosexualité était présente. Des poèmes dangereux, donc. Le pire était qu'ils avaient peut-être raison de ne pas vouloir le diviser. Je pouvais concevoir qu'on ne scinde pas un artiste, qu'on le prenne tout entier dans ce qu'il était. Mais nous ne tirions pas les mêmes conséquences de cette manière de voir.

– Je trouve dommage de ne pas l'enseigner pour cette raison, dis-je. C'est stupide. Le ministère est stupide. Vous êtes stupides. Tout le monde est stupide. Si ça ne tenait qu'à moi...

– Ça ne tient pas à vous ! Rien ne tient à vous ! crus-je entendre dire dans la salle, mais je continuai sans m'en soucier, en tonnant de plus en plus fort :

– Si ça ne tenait qu'à moi, on enseignerait Verlaine, et tous les grands écrivains et poètes ! Qu'ils baisent des animaux ou des femmes ou des hommes ou des trous de mur ! Qu'ils baisent des musaraignes ! criais-je. Peu m'importe, si ce sont de grands artistes.

Je me tus, haletant. Quelques instants passèrent, puis l'euphorie révoltée de ce morceau de bravoure se dissipa. Je me sentis aussitôt ridicule, honteux. La sonnerie qui annonçait la fin du cours retentit. Les étudiants sortirent en me jetant des regards furieux. Ils s'attendaient sans doute à ce que je fasse amende honorable. Que je m'excuse de leur avoir proposé Verlaine la dernière fois. Que je critique l'homosexualité. Que je les conforte dans l'opinion que lire

Verlaine était *haram*[1]. C'est ce que j'aurais fait dans mon état normal. Mais ma lâcheté m'avait fait défaut, pour une fois. J'ignorais pourquoi. Je me retrouvai seul dans la salle de cours. Un fou rire me prit bientôt. «Qu'ils baisent des musaraignes!» Où étais-je allé chercher ça?

*

M. Coly m'avait demandé de venir le voir dans son bureau après la fin du cours. Il m'attendait en fumant tranquillement sa pipe. Il me reçut avec un regard amical.

– Vous savez sans doute de quoi je veux vous parler…

– Ils sont venus se plaindre, n'est-ce pas?

– Vous pensez bien qu'ils ne se sont pas adressés ici. Ils vous ont dénoncé chez Ndiaye, le doyen de la faculté. Il m'a aussitôt appelé. Il n'attendait que ça. Une occasion d'exercer son pouvoir sur moi. Et comme il sait que je suis proche de vous, que je suis votre référent, il en profite…

– Je suis désolé de vous mettre dans cette position. Je n'avais pas encore pris connaissance de la note du ministère au sujet de Verlaine quand j'ai préparé mon cours…

– Je comprends, mon jeune ami. Mais ce n'est pas le plus grave. Le plus grave est que le doyen, comme les étudiants, déteste l'idée que vous trouviez, quel était le mot déjà…? Absurde?

– Stupide.

---

1. Interdit par l'islam, illicite.

– Oui, stupide. Ils n'ont pas aimé que vous trouviez stupide d'interdire Verlaine dans les programmes au motif qu'il était homosexuel.

– C'est pourtant stupide.

– Oui, ça l'est. Mais quand vous le dites si publiquement, vous vous mettez en danger. Pas pour non-respect des consignes du ministère, mais parce que votre moralité est mise en doute. Ce n'est pas Verlaine que vos étudiants jugent, au fond. C'est vous, votre avis sur l'homosexualité.

Je demeurai silencieux. M. Coly fit alors un geste un peu vague, comme s'il chassait une mouche au-dessus de sa tête, ou une idée de son esprit, avant de poursuivre d'une voix plus grave, presque sombre :

– Ils voulaient votre avis. Ils l'ont eu. Méfiez-vous, Ndéné. En la matière, les passions s'embrasent, et les sensibilités s'exacerbent rapidement. Ce sont des questions qui touchent le cœur même des hommes, leur être profond, leur identité, leur histoire, leur héritage. Il ne faut pas l'ignorer, ni le mépriser. Au contraire…

– Qu'est-ce que je risque, maintenant ?

– Je ne sais pas. On va bien voir. Mais commencez par ne plus faire allusion à Verlaine ni à tout autre écrivain ou poète homosexuel. Ce sera déjà bien.

Je sortis du bureau de M. Coly avec un étrange sentiment au cœur.

9

Rama souriait avec malice. Dans ses yeux mutins, je lisais l'immodeste triomphe de la femme qui a épuisé son amant. Nous nous étions manqués et nous nous l'étions dit à notre façon, avec la fougue charnelle des premières ou des dernières fois. Je m'étais encore désespérément accroché à sa chevelure, en vain. Au bout de deux heures, rompus de plaisir, nous avions pu recommencer à discuter. Elle était dans mes bras; j'étais heureux. Nous parlâmes naturellement de la vidéo. Rama me dit qu'elle était étonnée que je m'y intéresse encore, alors que ma première réaction avait été digne d'un pur imbécile.

— La personne qui pourrait t'aider à savoir de qui il s'agit est disponible ce soir. Je dois la voir tout à l'heure. Tu viens?

— Tu ne veux pas qu'on reste ici, toi et moi?

— Non.

— J'imagine que c'est quelqu'un avec qui tu couches?

– Tu imagines juste.

– Je refuse. Je n'ai aucune envie de voir un de tes amants. Je supporte assez bien l'idée que tu en aies, mais je ne sais pas dans quel état me mettrait le fait de les voir.

– Alors reste là, c'est ton problème. Et puis qui te dit que c'est un homme ? Tu ne sais pas ce que tu rates. Une beauté différente et rare. Elle te plairait, j'en suis sûr.

En souriant, Rama se dégagea doucement de mon étreinte et d'un petit saut quitta le lit. Dans la pénombre de la chambre, son corps dénudé, là, tel que je le voyais, son dos, ses épaules, sa fesse aussi pleine que la lune, ses jambes, son corps frêle pourtant toujours vainqueur du mien, ressemblait à un merveilleux songe qui s'achevait. Qui se dissipait. Insupportable idée. Je me levai pour l'empêcher de m'échapper.

*

Rama n'avait pas exagéré : Angela Green-Diop était d'une beauté toute singulière. Elle avait les cheveux très courts, coupés à ras, et portait un petit piercing au nez. Ce détail lui donnait un air ambigu, qu'on hésitait à qualifier d'angélique ou de pervers (beaucoup plus tard, en repensant à cette expression, je m'étais dit que rien n'empêchait l'existence d'anges pervers). De petites taches brunes, qu'on était d'abord bêtement tenté de compter, recouvraient tout son visage, un visage-galaxie, avec foison d'étoiles et deux grands yeux bleus pour soleils. Au-dessus de son sein gauche, la fleur multicolore d'une plante carnivore était tatouée. La tige de la plante disparaissait dans l'ombre du chemin qui s'ouvrait entre les deux arcades naissantes de ses seins; et, sous son chemisier noir, où on ne devinait aucun soutien-gorge, les formes de deux autres piercings sur ses mamelons. Angela était métisse, d'un père sénégalais et ancien diplomate à l'époque de Senghor, et d'une mère américaine, psychanalyste. Elle avait soutenu sa thèse de droit à Yale, puis avait choisi de revenir. Elle travaillait désormais à Dakar pour Human Rights Watch.

Elle était gaie, Angela, joyeuse, brillante, solaire et, pour couronner le tout, drôle. Elle faisait d'irrésistibles blagues nulles, me racontait son Amérique, me posait des questions, répondait aux miennes. Nous sympathisâmes facilement, sans gêne, sans méfiance, sans cette forme de réserve et de pudeur exagérées qui rendaient presque inaccessibles beaucoup de femmes par ici. Elle se moqua de mon accent quand je parlais anglais, me dit qu'elle me trouvait mignon, et répondit «*I know*» lorsque je lui dis qu'elle était très belle.

Nous formions là un étrange trio d'amants dont Rama était le nœud. Angela, naturellement, savait qui j'étais. Pourtant, aucune rivalité ne naissait, nous ne nous détestions nullement. Bien au contraire, nous semblions prendre plaisir à nous rencontrer, à nous réunir autour de ce que nous avions de précieux et en partage. Il me vint l'impression de comprendre Adja Mbène et ma mère.

Rama avait envie de danser, et nous invita. Angela répondit qu'elle était ivre; quant à moi, je dansais trop mal pour m'aventurer sur la piste. Du reste, j'avais envie de parler un peu avec Angela. Elle avait bu, mais semblait encore parfaitement capable de tenir une discussion. Rama nous traita de vieillards et disparut dans la masse des corps en mouvement.

– Tu es bisexuelle ? demandai-je aussitôt à Angela.

– *Of course.* Il faut être fou pour ne pas profiter de tout le plaisir que l'humain, homme ou femme, peut procurer et éprouver. Tu ne veux pas essayer avec un homme ? Tu serais surpris.

– Non, merci. Je trouve tout mon bonheur avec les femmes.

– C'est ce que tu crois. Vous, les hommes, nous idéalisez trop. Je n'insiste pas, *but you are missing a lot.*

– Je préfère ne pas savoir. Je n'en ai aucune envie.

– C'est la définition même de l'intégrisme, de l'enfermement sur soi, dit-elle, avant de boire une gorgée de bière et de continuer. Admets-tu l'homosexualité, au moins ?

– L'admettre, je ne sais pas. Mais je suis sûr de ne pas la concevoir.

– Ne pas l'admettre, ne pas la concevoir… *I see no difference.* Ce sont des subtilités. Dis plutôt que tu es homophobe, ce serait plus simple.

– Pas tout à fait. Simplement, je ne sais pas comment, lorsqu'on est un homme, on peut aimer autre chose qu'un corps de femme. Je ne hais pas les homosexuels masculins, ils me sont étrangers, pas parce qu'ils me dérangent d'un point de vue moral ou religieux, mais parce qu'ils me déroutent dans une perspective esthétique. Je ne comprends pas, je n'arriverai jamais à comprendre leur attirance pour la sécheresse du corps mâle, sa platitude têtue, son relief sans collines, son cadastre sans vertige, sa sculpture étalée…

– Quel poète…

– J'ai toujours ressenti plus de compassion et d'indulgence pour les lesbiennes, poursuivis-je en ignorant sa remarque ironique. Leur homosexualité me semble moins scandaleuse. Plus supportable. Je ne ressens aucun dégoût à l'idée de corps féminins qui cherchent ensemble le plaisir et l'harmonie. Il m'est arrivé de regarder des vidéos de porno lesbien, c'est plutôt excitant... Mais lorsqu'il s'agit d'hommes, je ferme les yeux. Je suis peut-être homophobe, mais homophobe par passion esthétique, homophobe par amour des femmes et de leur beauté... Ce n'est pas l'idée de l'amour entre deux hommes qui me gêne, c'est celle d'un amour physique. Tu comprends ?

Elle me regarda quelques secondes sans rien dire, en remuant lentement la tête, une moue de profonde commisération aux lèvres. Celle-ci disparut cependant bien vite, une lueur combative s'alluma dans son regard, elle eut un rire bref et sec comme un craquement d'allumette avant de répliquer :

– *Definitely stupid ! Definitely !* Ce que tu appelles homophobie esthétique n'est qu'une prison de ta culture traditionnelle et religieuse sénégalaise, une prison dans laquelle le corps féminin, idéalisé, réduit à sa pure forme, demeure le seul corps sexuellement désirable et digne de fantasmes. C'est encore très moral, très religieux, très culturel, quoi que tu en dises. *I'm not really surprised by your speech, though.* Ton opinion fait partie de celles qui irriguent fréquemment le discours homophobe. Tu le dis avec plus de recherche, *that's it.* Au moins, tu te limites à manifester ton aversion pour l'érotisation du corps mâle par un autre homme, tu ne tues pas et ne frappes pas... Du moins, j'espère ! Mais ne crois pas que ton opinion ne soit pas violente. Elle l'est.

– Peut-être. C'est ma culture qui veut ça. Ma tradition et ma religion.

– Je suppose que dans ton esprit l'homosexualité n'est pas de ta culture.

– En tout cas, je n'ai lu nulle part qu'elle en fait ou en faisait partie.

– *Bullshit!* (Elle devenait irrésistiblement sensuelle lorsqu'elle versait en anglais dans la vulgarité avec sa voix grave.) Ce n'est pas parce que tu ne l'as lu nulle part que ce n'est pas écrit ou vrai. Les preuves existent. Il suffit de s'intéresser un tout petit peu à la recherche anthropologique sur la question de l'homosexualité en Afrique pour se rendre compte de sa présence sur le continent avant la colonisation. Des siècles avant… Depuis toujours! Les Sénégalais et beaucoup d'Africains n'en savent rien. *They don't wanna know.* Ils sont enfermés dans l'idée que leur pays est un espace pur, historiquement hétérosexuel. Ça les rassure. Ils croient à ce mythe, et ne cherchent pas à savoir. C'est la signification même de l'intégrisme, comme je te le disais. L'argument de l'absence historique d'homosexualité en Afrique a été depuis longtemps démonté par la recherche. Le problème, c'est que ces faits ne sont connus que d'une minorité de chercheurs, qui en parlent dans des revues d'audience restreinte, parce qu'ils n'osent pas en parler dans les tribunes destinées au grand public. Ils ont peur. Mais les preuves sont là…

– Un instant, interrompis-je. Est-ce que…

À ce moment-là, une clameur immense s'éleva, noyant ma voix dans sa vague. C'étaient les premières notes du morceau à la mode qui résonnaient. Sur la piste de danse,

Rama attisait toutes les convoitises. Elle dansait avec liberté, les yeux clos, sans retenue, mêlant la force à la grâce, et ses cheveux s'éparpillaient, retombaient sur ses épaules, lui couvraient le visage, fouettaient des danseurs voisins, lesquels, loin de lui en vouloir, ne la voulaient que davantage...

– *What?* me dit Angela lorsque nous pûmes de nouveau nous entendre parler.

– Je te disais : est-ce que tu peux me donner des exemples précis, des détails ? Des exemples d'homosexualité au Sénégal ou en Afrique plus généralement, avant la période coloniale ?

– *Incredible,* ce raisonnement. Comme si l'Afrique n'appartenait pas à l'humanité. Il n'y a aucune raison pour qu'il y ait un régime d'exception ici en ce qui concerne les pratiques et mœurs humaines, quelles qu'elles soient. Sur l'homosexualité... Il existe beaucoup d'écrits et de travaux, *you know*... Renseigne-toi. Ça t'édifiera. Cependant, *even if it's sometimes necessary,* je trouve de plus en plus absurde de devoir recourir à l'histoire de l'homosexualité en Afrique pour combattre l'homophobie. C'est un faux combat, parce que quelqu'un qui hait les homosexuels se fiche de savoir que l'homosexualité est là depuis mille ans. *He doesn't give a single fuck!* Ceux qui haïssent les homosexuels dans ce pays parlent de pureté historique parce que c'est commode ; il leur permet d'accuser une fois de plus le Blanc de la responsabilité de ce qu'ils considèrent comme un Mal importé. Le système ne concerne pas que le Sénégal : chaque peuple de chaque pays du monde accuse l'étranger, le barbare, d'être la cause de sa décadence. De ce qu'il croit être la décadence. Démontre patiemment, avec la rigueur scientifique la plus irréfutable, à un homophobe sénégalais que les pratiques homosexuelles sont présentes ici depuis toujours, et alors? *And so what?* Tu crois qu'il va cesser d'être homophobe pour autant? *Nope Sir.* Il y a des chances qu'il le soit même plus qu'avant, qu'il se referme davantage. L'homophobie n'a pas besoin de prétexte historique. Je ne sais même pas si elle a besoin d'un prétexte: elle hait tout court. L'homophobe finit par oublier les raisons qui lui commandaient de haïr. Fais une petite expérience, marche dans la rue et demande aux gens pourquoi ils haïssent précisément les homosexuels: ils te répondent «religion!» sans pouvoir en dire plus. Ils te répondent «on ne connaît pas ça» sans pouvoir te donner d'exemples précis. Aujourd'hui, au Sénégal, c'est le principe profond, psychologique, de l'homophobie qu'il faut déconstruire. Ce n'est pas qu'une question de présence historique. C'est plus profond que ça.

— Tout le monde n'est pas aveuglément homophobe, quand même. Je pense que certains seraient prêts à faire évoluer leur jugement s'ils étaient mieux informés sur l'histoire de l'homosexualité ici.

— *Oh no, Jesus, please, wake up, guy!*

— En plus, continuai-je malgré ses mimiques d'Américaine libre et outrée, je ne suis pas certain que les gens, comme tu sembles le croire, aient perdu de vue la raison pour laquelle ils rejettent l'homosexualité. Ils savent que c'est une question de religion, et même s'ils ne sont pas capables de citer les versets coraniques exacts ou des passages de la Bible relatifs à une condamnation morale de l'homosexualité, ils savent que Dieu la proscrit. Ça leur suffit. Leur rejet relève

de la foi. Et la foi, je ne suis pas certain que tu puisses la
«déconstruire», comme tu dis... Cette manie occidentale
de vouloir tout déconstruire... Bref. Retiens : on refusera
toujours que l'homosexualité s'affirme ici.

— Mais l'homosexualité est déjà ici !

— On refusera dans ce cas qu'elle y prolifère. Qu'elle aille
s'étendre ailleurs, pourvu qu'elle ne s'incruste pas ici, voici
ce que beaucoup de mes compatriotes disent et veulent. Et
ça, je peux le comprendre.

— Moi non. *I can't understand* qu'un homme meure, soit
battu ou envoyé en prison parce qu'il vit, dans le privé, sans
l'imposer, une sexualité qu'il n'a pas choisie.

— Qu'il n'a pas choisie... Il faut le prouver à pas mal de
monde, ça. Et ce serait peine perdue, d'ailleurs. Tu as raison :
il n'est pas question de logique ici, mais d'irrationnel. On
ne veut pas des homosexuels, c'est tout. On n'a pas forcément besoin de savoir pourquoi. L'humanisme ne sert à rien
ici. On lui préfère, je le répète, une conviction plus forte
encore : la foi. Ne sous-estime pas sa puissance.

— La sous-estimer ? *It's a joke, right ?* Comment puis-je la
sous-estimer alors que je vois ce qu'elle est capable de faire
à des garçons qui s'étaient enfermés chez eux ? C'est cette
même foi qui justifie l'inquisition, l'intrusion dans la vie
privée. Bientôt, on viendra vérifier dans les maisons qui est
croyant et qui ne l'est pas, qui prie et qui ne prie pas, *who is
fucking who, in which hole, in which position and for how fucking long...* Une foi qui déborde l'intimité pour... *How can
I say it ? Pretend to rule* l'espace public, cette foi-là devient
totalitaire. Tout l'inverse de la foi...

89

– En matière d'homosexualité, la perception sociale est toujours relative aux espaces, aux cultures, aux traditions. Ce relativisme est inévitable.

– Il est aussi dangereux. Tout le monde semble dire, dans un unanimisme *stupid*, que chaque pays a ses réalités, *and all those shitty true stuffs*. Mais ce n'est pas une justification pour arrêter de sauver la vie des gays. Il faut se battre pour qu'ils puissent vivre, et vivre comme les autres dans la société. Ce relativisme total, c'est terrible : il n'y a donc aucun absolu ? Rien au-dessus des particularités et particularismes ? N'y a-t-il donc plus rien de sacré ici ? *Even not the human life?*

– Je n'y crois pas. Pour un croyant, l'idée de Dieu sera toujours plus grande que la vie de son frère humain. À plus forte raison si ce frère est homosexuel. Si Dieu demande de n'avoir aucune pitié pour lui, le croyant n'en aura pas, simplement parce qu'il croit avant tout en Dieu. C'est même ce qui fonde la foi de beaucoup de personnes : obéir à Dieu, même si…

– *Oh, God. Shut up, please.*

Rama revint à ce moment-là et interrompit la conversation.

– Alors, elle t'a renseigné ? me demanda-t-elle.

– Quoi ?

– Pour la vidéo, elle t'a renseigné ? Tu voulais savoir qui était l'homo déterré, non ? C'est bien pour ça que tu voulais voir Angela ? Non, tu ne lui as pas demandé ! Mais de quoi avez-vous donc parlé tout ce temps ?

Emportés dans notre débat, nous avions oublié de parler de la raison principale de ma venue. Je posai la question sans tarder. Angela me dit qu'elle savait en effet qui était l'homme et où il habitait. Elle me promit de m'appeler dans les prochains jours pour qu'on aille voir sa famille. Je lui donnai ma carte.

– Mais d'ici là, me dit-elle en la rangeant, va à cette adresse et discute *with this guy*. Il y est presque chaque dimanche soir. Ça fera peut-être évoluer tes opinions, que je trouve, *sorry my dear*, un peu réactionnaires.

Elle me tendit un bout de papier sur lequel était indiquée une adresse, ainsi que la photo d'un homme d'âge mûr.

– Tu le connais, je crois. Les Sénégalais le connaissent, en tout cas. Nous travaillons beaucoup avec lui. Son expérience est précieuse, et il sait beaucoup de choses de la condition homosexuelle ici. C'est un cas à part dans ce pays.

Malgré son apparence différente, débarrassé de sa perruque et de son maquillage, je reconnus Samba Awa Niang, l'animateur de *sabar*.

*

La soirée se prolongea jusque tôt. Lorsque nous sortîmes du bar, un feu blanc s'allumait timidement au fond du ciel. Angela n'habitait pas loin. Elle nous proposa d'aller dans son appartement pour y finir la nuit ou y commencer la journée. Je déclinai.

– Décidément tu es plus stupide que je ne l'imaginais, répliqua Angela en me donnant une petite tape sur les fesses. Tu as avec toi deux déesses, et tu y renonces? Serais-tu gay finalement? *C'mon, boy!*

Elle était un peu ivre et sa beauté en était décuplée. Tout son corps exprimait une liberté et une insouciance que je savais ne jamais pouvoir un jour posséder. Je pensais à ces musiciens en fin de soirée qui, devant les quelques amateurs qui les avaient accompagnés au bout de la nuit et deux ou trois ivrognes endormis, improvisaient, dans un relâchement que seul l'extrême épuisement rendait possible, des airs somptueux qu'ils ne reproduiraient jamais, qu'ils savaient ne jamais pouvoir reproduire et, pour cette raison même, jouaient comme si la mort les attendait après la dernière note. Angela flottait. À son bras, Rama dansait, ivre aussi, aérienne, belle et intouchable. Je les regardais aller devant moi, accrochées l'une à l'autre comme deux anneaux d'or, titubant, donnant à chaque pas l'impression de tomber et, en même temps, celle de prendre leur envol. Dans quelques heures, je serais le seul homme sur terre à me rappeler qu'elles avaient été si belles à cet instant, ce qui me remplissait d'une profonde mélancolie. Il faisait frais. La mer était toute proche. Le bruit des vagues nous parvenait si nettement que j'aurais pu jurer que l'Atlantique nous attendait à chaque coin de rue, prêt à nous emmener loin.

– *So?* dit Angela après quelques minutes de marche. Tu viens? J'habite par là. (Elle désigna une rue adjacente.)

Nous nous arrêtâmes. Elles me regardaient toutes deux avec des sourires qui ressemblaient à des invitations. Mais ce que je voyais sur leur visage n'appartenait qu'à elles. Je ne pouvais y avoir accès. J'en étais proche, mais exclu. Elles étaient un tableau de maître, pur et sobre – *deux femmes au bout de la nuit* –, un chef-d'œuvre, et moi, je n'étais qu'un spectateur qui contemplait, écrasé par la splendeur de cette peinture vivante. J'aurais tout gâché à leur magie si je les avais suivies, si j'avais essayé d'entrer dans le tableau. Je les désirais follement pourtant, mais c'eût été enlaidir le monde que de troubler leur harmonie par mon désir sans grâce. Je les embrassai chacune, longuement, Rama d'abord, Angela ensuite ; puis, en silence, je continuai vers chez moi.

Alors que je m'éloignais, j'entendis la voix d'Angela :

– *Well,* il est *special,* ton ami. *Love him.* Mais il est parti. Il n'y a plus que nous. Viens !

Et, alors que je rentrais chez moi par les petites rues de la capitale, où les premiers vendeurs ambulants mêlaient leurs ombres à celles des dernières putains – que maudissaient et désiraient du coin de l'œil des fidèles de la prière du *fajr*[1] –, me suivirent les éclats de rire qu'elles avaient eus en s'enfonçant dans l'ombre de la rue, le rire clair et cristallin de Rama, le rire bas et sensuel d'Angela, tous deux désirables, tous deux débordants d'un désir pur, qui claquaient à mes oreilles et dans le petit matin comme les fouets de Xerxès sur la mer Égée. L'image de leurs deux corps nus, épuisés après l'amour, endormis dans une paix absolue comme s'ils attendaient une mort heureuse, m'accompagna pendant tout mon trajet.

---

1. Dans la religion musulmane, première prière du jour, qui se fait aux aurores.

10

L'élan de ma mauvaise foi retrouvée n'était pas encore brisé. J'allais toujours à la mosquée le vendredi. Malgré la manière un peu brutale dont nous nous étions séparés la dernière fois, mon père, la veille, m'avait appris qu'El Hadj Abou Moustapha Ibn Khaliloulah «Al Qayyum» était de retour et qu'il avait demandé à un maximum de fidèles de venir à la prière de ce vendredi, ayant, semblait-il, un message de la plus haute importance à délivrer.

«Al Qayyum» demeurait la grande référence religieuse du quartier. À son appel, tout le monde venait. La rumeur, en plus, avait couru : il voulait réagir au précédent prêche, celui de mon père.

Il apparut.

Il semblait épuisé, au fond de la fatigue. Il y avait une ombre sur son visage où, déjà, la silhouette d'un ange sinistre déployait ses ailes noires. Ses yeux, jadis vifs et durs, étaient éteints. On eût dit le dernier crépitement d'un feu dans l'âtre d'un vieux fourneau. Il lui restait cependant assez de forces pour se mouvoir, quoique difficilement, et soutenu discrètement, d'un côté, par un de ses chambellans. Il s'installa sur la chaire où il avait pendant quarante ans trôné sans partage et avec majesté. Le prêche allait commencer. À cet instant, un homme chauve (une calvitie horriblement laide), grand, au long visage, et dont le regard était un peu bovin, vint se placer à côté d'«Al Qayyum», légèrement en retrait. Je compris immédiatement qui était cet homme et quelle était sa fonction : c'était un *jotalikat*.

Curieux personnages, en vérité, que les *jotalikat*, qui m'ont toujours fasciné. Littéralement, je pourrais traduire *jotalikat* par «transmetteur», ou «passeur». Que passe-t-il? Que transmet-il? Un message qui, à l'origine, n'est pas audible, dont le volume sonore est trop faible pour qu'on l'entende de loin. Plus que de simples transmetteurs, les *jotalikat* sont des amplificateurs du son, des haut-parleurs humains, des porte-voix. Singulière tâche, dont ils s'acquittent pourtant avec probité, et même, nous l'allons voir, quelque talent. Les *jotalikat* interviennent régulièrement auprès des dignitaires religieux (ou politiques) quand ceux-ci sont fatigués, affaiblis, trop âgés ou malades, mais qu'ils doivent néanmoins tenir un discours devant du monde, dans un endroit où la qualité de l'acoustique n'est généralement pas optimale. Pour que toute l'assemblée les entende bien, ces dignitaires se servent de leurs fidèles intermédiaires, chargés de transmettre leur parole et leur vérité. La coquetterie n'est pas absente de cette pratique chez ceux qui détiennent le pouvoir. Il faut voir le marabout, fastueusement vêtu, pencher négligemment la tête, l'air à la fois pénétré et plus ou moins méprisant, vers l'oreille alertée du *jotalikat* et lui murmurer nonchalamment quelques mots. Il y a là une amusante posture de vieux monarque.

Puis le *jotalikat* transmet. Je dis bien « transmet ». Le *jotalikat* ne répète pas : quoiqu'il en ait parfois l'apparence, il n'est pas un perroquet ; sa répétition n'est pas du psittacisme. Loin de là : le *jotalikat* est un griot qui n'en a pas le talent, un maître inaccompli de la langue, un poète mineur et frustré. Il rêvait d'être un virtuose du langage, il n'est hélas que *jotalikat* ; il voulait éprouver la gloire de l'auteur, il n'a malheureusement droit qu'à l'humble rôle de coulisses du transmetteur. Tragédie d'un destin artistique brisé. Cependant, le *jotalikat* ne manque pas de talent ; il en possède certes, mais point assez pour devenir un communicateur reconnu. Alors il exerce comme il peut ce qu'il a de talent dans l'art du langage par son métier de *jotalikat*. Plutôt que de répéter simplement les mots du marabout, il les orne, les enrichit, les embellit. Orateur raté, le *jotalikat* prend des libertés rhétoriques en interprétant le discours original du Puissant, parfois avec une surprenante audace, mais toujours dans la limite du raisonnable, bien entendu. Le *jotalikat* exagère, maître ès hyperboles ; il sous-entend, spécialiste de la litote ; il enjolive, déplie, allonge, fait courir la phrase. Si le marabout met en garde, le *jotalikat* terrorise et menace ; si le premier conseille et recommande, le second oblige et contraint. La transmission est l'occasion pour le *jotalikat* de se défouler : c'est sa vengeance poétique, sa revanche sur sa chienne de vie. Au bout du compte, le *jotalikat* a une importance

capitale dans nos systèmes traditionnels de communica-
tion : c'est par sa bouche que la parole du monarque, du
marabout, du dignitaire se réalise pleinement, s'accomplit
comme Parole aux oreilles des sujets ou des fidèles.

*

« Al Qayyum » se pencha légèrement vers sa gauche, où se
tenait le *jotalikat* déjà prêt. Du rang où j'étais, je ne distin-
guais que confusément les mots d'El Hadj Abou Moustapha.
Mais son *jotalikat* se chargeait de les faire résonner.

– Je salue chaque homme ici présent par (inaudible)…
Je suis heureux de (inaudible) vos prières m'ont aidé, dit El
Hadj Abou Moustapha.

– El Hadj Abou Moustapha Ibn Khaliloulah « Al
Qayyum » a dit qu'après avoir rendu grâce à Dieu et à son
prophète Mohammadou Rassoulalah, il vous salue chacun,
homme, femme, enfant, vieux, par votre nom et votre pré-
nom. Il a dit qu'il était comblé de joie de vous revoir si
nombreux, et vous remercie d'avoir répondu à son appel. Il
s'excuse profondément de n'avoir pu venir diriger la prière
du vendredi passé. Comme vous le savez, il était un peu
malade, mais demeure convaincu que vos prières l'ont beaucoup aidé, dit le *jotalikat*.

– Je suis encore un peu malade, mais (…) pour parler de
quelque chose dont El Hadj Majmout Gueye a parlé (…)
on me l'a rapporté, dit El Hadj Abou Moustapha.

– El Hadj Abou Moustapha Ibn Khaliloulah « Al
Qayyum » a dit qu'il se sent encore légèrement malade, sa

poitrine le fait toujours souffrir, mais qu'il tenait absolument à être parmi nous aujourd'hui. Heureusement, les
médecins lui ont donné la permission de sortir, et c'est tant
mieux, car il souhaiterait parler d'un sujet que l'imam de
vendredi dernier, El Hadj Majmout Gueye, a évoqué dans
son prêche. On a rapporté son message à «Al Qayyum». Il
veut en reparler, dit le *jotalikat*.

– Ce sujet est lié aux homosexuels, dit «Al Qayyum».

– Ce sujet grave, qui nous concerne tous en tant que
musulmans, en tant que Sénégalais, en tant qu'esclaves du
Seigneur, c'est le terrible sujet de ces créatures malfaisantes
et habitées par le diable : les homosexuels, dit le *jotalikat*.

– Vous vous souvenez de tous (quinte de toux…), de tous
les faits abominables qui se sont passés l'année dernière. Le
premier était un mariage entre plusieurs hommes… commença le vieil imam.

– El Hadj Abou Moustapha vous rappelle, même s'il
est certain que vous avez tous ce fait en mémoire, qu'il y a
quelques mois une bande d'homosexuels a été surprise en
train de se marier. C'était une réunion de dépravés abjecte,
qui a été à l'origine d'une très longue série de scandales, de
blasphèmes, d'horreurs impliquant des homosexuels, fils de
la malédiction, bâtards, race dégénérée rongée par la luxure,
que Dieu les brûle en enfer. Ces actes sont contre la nature,
contre la décence et la pudeur religieuses, contre la beauté et
les valeurs de l'islam. Ils sont absolument interdits par notre
Seigneur, dit le *jotalikat*.

– Ces homosexuels ont eu de la chance, on les a seulement mis en prison. Le juge a été trop clément. Si on avait

suivi les préceptes religieux, qu'on doit (…) on aurait dû les tuer, affirma «Al Qayyum».

– El Hadj Abou Moustapha regrette que ces homosexuels démoniaques aient seulement été mis en prison. Le juge qui les a condamnés ne faisait-il pas lui-même partie du lobby qui les protège? N'a-t-il pas fait semblant de les envoyer en prison pour les garder en vie? Car si on avait suivi les préceptes de la loi islamique fondamentale, ils auraient dû être tués, tout bonnement. Aujourd'hui, le sujet est toujours d'actualité parce que le jugement n'a pas été assez ferme, transmit le *jotalikat*.

– Les *góor-jigéen* doivent être écartés de notre société. Et s'ils refusent de partir, on les (…) par la force à rejoindre le silence des cimetières. Il faut tout simplement les éliminer de la vie. C'est ce que la Charia prescrit, dit l'imam.

– Il faut tuer tous les homosexuels! résuma son *jotalikat*.

– Sur ce problème (effroyable quinte de toux), pas de discussion possible, pas de discussion envisageable avec quiconque. Pas de pitié. On ne doit même pas prier pour eux! s'emporta le vieil homme.

– À tous ceux qui s'imaginent que la discussion est la solution devant le fléau homosexuel, El Hadj Abou Moustapha répond qu'il n'y a pas lieu de débattre. On doit les supprimer, les chasser! Dieu nous le recommande, à nous musulmans. Le Sénégal, grâce à Dieu, n'a jamais connu l'homosexualité dans son histoire. C'est quelque chose d'illicite, mais qui ne vient pas de chez nous. C'est quelque chose que nous ne connaissons pas! Ils ne méritent même pas nos prières.

– Il faut prier Dieu pour qu'Il nous aide à ne pas perdre le chemin de la foi. Il faut redoubler de prières, pour que Dieu ne nous oublie pas.

– Il faut les tuer tous! résuma le *jotalikat*.

– Il est écrit que l'un des signes annonçant la fin du monde, c'est la multiplication des homosexuels. En Occident, ils ont le droit de se marier. Des musulmans les défendent. Et Dieu lui-même, qui a déjà tout vu, a dit que (…) beaucoup de musulmans se lèveront et les défendront, reniant leur foi et leur prophète. (…) Ne soyons pas ces musulmans impies. Défendons notre religion, nos valeurs, nos traditions.

– La fin du monde n'est plus loin, mes frères musulmans. Les homosexuels sont partout. En Occident, ils ont maintenant le droit de se marier entre eux. Et ce qui convainc davantage El Hadj Abou Moustapha Ibn Khaliloulah «Al Qayyum» de l'imminence de la fin du monde, c'est que des musulmans, des individus qui se prétendent musulmans, défendent de plus en plus souvent les *góor-jigéen*. Ces faux musulmans ne valent pas mieux que les homosexuels. Le jour du Jugement dernier, que diront-ils à leur Seigneur? Ils iront en enfer, avec ceux qu'ils défendaient sur terre. Au moment de traverser le pont du Destin, ils tomberont dans les limbes profonds et brûlants du Grand Brasier! Il ne faut pas être comme ces impies, ces apostats. Il faut défendre nos valeurs, notre religion, notre Dieu.

– Je vous remercie, dit «Al Qayyum».

– «Al Qayyum» vous remercie, dit le *jotalikat*.

«Al Qayyum», visiblement à bout de forces, formula quelques prières et, brusquement, son état sembla s'aggraver.

On appela une ambulance, qui eut beaucoup de mal à parvenir jusqu'à la mosquée, étant donné le monde qu'il y avait au-dehors. Il fallut que le brave *jotalikat*, s'emparant du micro dont usait le muezzin pour appeler les fidèles, donne d'autoritaires instructions pour qu'on libère l'accès à l'entrée de la mosquée. On y mit un «Al Qayyum» moribond, accompagné de deux chambellans, puis l'ambulance repartit vers l'hôpital Abass Ndao. Dans tout ce désordre, on avait presque oublié la prière proprement dite. J'en étais à ces réflexions lorsque je vis Mohammadou Abdallah sortir de la loge, le visage sévère mais triomphant. Il se tint à la place de l'imam. C'était lui, cette fois-ci, qu'El Hadj Abou Moustapha Ibn Khaliloulah avait choisi pour diriger les fidèles.

Au moment où nous nous levions tous pour prier, j'aperçus mon père. Je n'ai jamais vu autant de dignité sur le visage d'un homme qu'on venait pourtant, publiquement, de désavouer, d'humilier.

*

On parla encore longtemps de la disgrâce de mon père, qui se retrouvait de plus en plus seul. J'avais presque pitié de lui. Il sortait et marchait au milieu des moqueries, des rumeurs, des bas mots, des regards hostiles. Ses anciens soutiens l'avaient abandonné, les uns après les autres, pour rallier le camp de Mohammadou Abdallah, devenu l'homme fort du quartier. Jadis très populaire, mon père n'était plus que celui qui avait *recommandé de prier pour un homosexuel*, un mal-aimé. À la mosquée, il n'était plus au premier rang, ni parmi les suivants, d'ailleurs : il était devenu un fidèle parmi les autres, perdu quelque part dans les rangées, s'il réussissait à y trouver une place. Mohammadou Abdallah, qui dirigeait désormais les prières du vendredi, ne lui adressait plus la parole et se débrouillait même, dans chacun de ses prêches, pour lui lancer des piques. Mon père ne baissait pas la tête, il ne disait rien ; je ne savais même pas s'il souffrait. Car, étrangement, cette solitude et cette marginalisation semblèrent renforcer sa foi. Il m'arrivait de surprendre dans son regard une forme de légèreté, comme si le choix d'«Al Qayyum» l'avait déchargé d'un poids. Il était presque sublime dans son esseulement, dont il semblait tirer une obscure sérénité. Lorsque je lui demandai comment il vivait tout cela, il me répondit que la seule leçon qu'il fallait tirer de cet épisode était qu'un homme ici-bas n'était rien, et que Dieu seul était tout. Je ne sais pas vraiment ce qu'il voulait dire.

Tout ce que je savais, c'était que lui, si orthodoxe et si dur, lui qui était prêt à me déterrer sans pelle ni pioche, de ses propres mains, si j'étais homosexuel et qu'on m'enterrait dans un cimetière musulman, lui, si rigoureux, avait été jugé par d'autres trop permissif, trop laxiste sur la question homosexuelle. Sacré pays.

Quelques semaines plus tard, El Hadj Abou Moustapha Ibn Khaliloulah «Al Qayyum» mourut. Ses obsèques furent grandioses. Bien sûr, Mohammadou Abdallah devint le légitime nouvel imam.

11

Je me rappelais parfaitement tous les «faits abominables»
auxquels «Al Qayyum» avait fait référence lors de son dernier
prêche. Ils avaient tous eu lieu en l'espace de quelques mois,
formant une suite de scandales autour de l'homosexualité.
Le premier s'était déroulé le 4 mars de l'année précédente. Ce jour-là, les jeunes d'un quartier résidentiel de
Dakar avaient surpris un groupe d'hommes qui fêtaient un
mariage. Plusieurs d'entre eux, vêtus comme des princes,
étaient entrés les uns après les autres dans un bel immeuble.
Ce curieux défilé avait intrigué les jeunes, d'autant plus que
ces hommes s'étaient tous engagés dans l'immeuble avec un
mélange de hâte et de nervosité, comme s'ils avaient craint
d'être remarqués. L'idée qu'ils soient homosexuels avait
immédiatement germé dans l'esprit des habitants. Les jeunes
avaient attendu la nuit pour s'inviter par surprise dans l'appartement où ces personnes si bien sapées étaient entrées.
Et selon leurs témoignages, ils y avaient trouvé quatorze

hommes célébrant une union. Les jeunes n'avaient pas eu le réflexe d'appeler la police immédiatement. Sous le coup de l'indignation et du dégoût, ils avaient passé tout le monde à tabac. L'un des mariés supposés perdit un œil dans l'affaire. Son conjoint sauta par la fenêtre pour échapper au lynchage et se retrouva avec deux jambes cassées – l'appartement était au quatrième étage. Mais le malheureux ignorait qu'en bas un deuxième groupe de jeunes montait la garde, au cas où des homosexuels auraient tenté de fuir l'immeuble. Le blessé fut bastonné sauvagement et, en plus de ses deux fractures aux jambes, il eut quatre côtes cassées et perdit sept dents. Les autres invités du mariage furent tous plus ou moins grièvement blessés. L'un d'eux se retrouva dans le coma. Ceux qui restaient furent jugés, condamnés à cinq années de prison ferme et à une amende d'un million cinq cent mille francs chacun pour «acte impudique, acte contre nature et association de malfaiteurs».

Un peu plus d'un mois plus tard, un autre scandale suivit le mariage des *góor-jigéen*. Le 13 avril, un internaute signala à la presse la présence, sur un site pornographique, d'une vidéo où deux lesbiennes sénégalaises se léchaient la chatte à tour de rôle en pimentant leurs ébats d'expressions salaces en wolof, la langue nationale du pays. L'internaute avait affirmé avoir découvert la vidéo par hasard, naturellement. Toujours est-il que celle-ci devint virale. Et comme les deux femmes avaient eu l'excellente idée de montrer leur visage, une véritable traque fut lancée. *Dead or alive*. Leur tête fut mise à prix. Des associations religieuses promirent des récompenses à toute personne qui identifierait ou aiderait à identifier les deux gouines maudites. Il y eut des dénonciations massives et souvent fausses. Beaucoup prétendirent connaître quelqu'un qui connaissait quelqu'un qui avait été le petit copain de la grande sœur de l'une des filles. Des arrestations arbitraires se multiplièrent. Et si une femme avait le mauvais goût de ressembler à l'une des accusées, sa vie devenait un enfer. Il y eut ainsi des quiproquos regrettables. Une dizaine de sosies des deux pécheresses se retrouvèrent derrière les barreaux ou sur des lits d'hôpital. On ne trouva jamais les deux filles de la vidéo. On apprit, après quelques semaines de chasse à la femme, qu'elles avaient trouvé le moyen de fuir le pays dès qu'elles avaient appris que leur vidéo avait été vue « par hasard » par un internaute innocent.

Le 29 mai, la photo d'un jeune chanteur célèbre, nouvelle star de la musique, féru de mode et de style, le montra portant à la main un sac d'une grande marque, très chic, qui avait seulement le malheur de ressembler à un sac de femme. Il n'en fallut pas davantage pour que le scandale sorte des poches de l'accessoire. Aux débats oiseux sur le genre du sac (féminin ? masculin ? neutre ? transgenre ?) succéda très vite un soupçon terrible : et si le chanteur, très beau du reste, coqueluche de toutes les jeunes femmes du pays, était homosexuel ? On se mit à décortiquer les textes de toutes ses chansons pour y traquer un message subliminal, une trace cachée qui confirmerait la thèse de sa *góorjigéenité*. Ses poses furent analysées par des experts. L'affaire devint politique. Des personnalités se prononcèrent. Sa femme (car il était marié) donna un entretien à la télé, où elle assura que son homme était en pleine possession de sa virilité, que c'était un mâle, un vrai, un puissant, avec de grosses couilles et dix-huit bons centimètres d'airain fondu entre les jambes. Mais cela ne suffit pas à calmer les soupçons. Il y eut des marches, des manifestations. On réclamait la vérité sur l'affaire du sac. On accusait le chanteur d'être trop efféminé pour être honnête. Celui-ci, qui effectuait une tournée lorsque le scandale avait éclaté, fut obligé de la suspendre et de rentrer à la hâte. Il devait s'expliquer. Il le fit à la télé, dans une émission spéciale qui battit tous les records d'audience. Ce soir-là, le chanteur jura, sur un Coran apporté pour l'occasion, qu'il n'était pas homosexuel et qu'il ne souhaitait cette damnation à personne. Puis, pour clore le débat, il brûla symboliquement, devant des millions de téléspectateurs, le sac qui avait été à l'origine de l'affaire. Ce geste fut comme un sacrifice par lequel toute la violence générée par cette histoire fut évacuée, exorcisée, expiée.

Il y eut ensuite une légère accalmie de quelques mois, mais le 18 septembre un magazine à sensations révéla, photos à l'appui, que l'éditorialiste le plus populaire du pays avait été surpris dans son bureau, en pleins ébats avec un jeune garçon de quatorze ans qui traînait dans les rues. On envoya aussitôt le journaliste en prison, mais ce qui avait le plus choqué l'opinion était moins le crime du pédophile que la faute du pédéraste (il fut un temps où ces deux mots désignaient la même chose, mais passons…). Qu'il ait forcé, par la corruption ou la ruse, un mineur en détresse à coucher avec lui était grave, mais passait encore : après tout, il fallait bien que les corps de ces jeunes talibés[1] errant dans les rues du pays, sans domicile fixe, livrés à eux-mêmes, servent à quelque chose. En revanche, qu'il ait baisé avec un homme, ça, c'était impardonnable. On semblait voir que la victime était un homme avant de se rendre compte que cet homme était un enfant. Traîné dans la boue après avoir été porté au pinacle, abandonné de tous ses amis, coqueluche déchue, le journaliste creva comme un chien dans sa cellule, de maladie, de solitude, de honte, de désespoir. On attendit qu'il mourût pour déplorer la perte d'un esprit fin et brillant qui avait commis des erreurs. On parla peu du garçon dont la vie avait été détruite.

Enfin, après de longs mois sans incident, alors qu'on commençait à croire que la série des scandales était terminée, un jeune écrivain à la mode, que je n'aimais pas (je détestais son style, trop classique, lourdingue, précieux parfois, et je n'aimais pas sa personnalité, son arrogance et sa prétention dissimulées derrière une fausse humilité et une sérénité calculée), ce jeune écrivain, donc, publia un roman qui mettait en scène un homme tourmenté par un désir homosexuel naissant en lui. La critique littéraire éreinta le livre, qu'elle jugeait mauvais (c'était vrai), vulgaire et surtout moralement dangereux. Le jeune écrivain tenta d'expliquer qu'il ne défendait pas les homosexuels, mais cherchait à analyser ce qui se passait dans leur tête et dans leur corps. Il

---

1. Au Sénégal, enfants confiés à un maître pour l'apprentissage du Coran, mais souvent exploités par ces derniers. Ils mendient dans les rues pour survivre ou entretenir leur maître, livrés à l'insécurité et la violence urbaines.

affirma que seule lui importait l'expérience littéraire et ce qu'elle lui permettait de comprendre de l'humanité. Il clama partout qu'il s'agissait d'un roman, de fiction, de Littérature et non d'une vérité factuelle. Il s'acharna à répéter que le «je» du narrateur n'était pas son «je» à lui, auteur. Il eut beau faire et dire tout ça, on ne le crut pas. On l'accusa non seulement d'être à la solde de lobbys occidentaux qui l'avaient grassement payé pour qu'il défende les *góor-jigéen*, mais on affirma encore qu'il était lui-même un pédé notoire (il faut dire qu'il en avait un peu l'allure) qui cherchait à corrompre la jeunesse avec ses livres, médiocres par ailleurs. On se déchaîna contre lui. Le jeune écrivain en fut brisé. Il écrivit un petit livre, très intime, où il expliquait qu'il savait depuis toujours qu'il vivrait et mourrait par la littérature ; puis, quelques jours après la publication de ce petit livre, il se suicida. Comme, du reste, le héros du roman qui lui avait valu les critiques et accusations. Pour certains, cette similitude entre le destin de l'auteur et celui de son personnage homosexuel accréditait la théorie de la pédérastie du jeune écrivain. Le drame est que même ce dernier petit livre, que le jeune romancier avait sans doute voulu grave et beau, m'avait semblé assez nul et inutilement emphatique.

Depuis cette dernière affaire, je n'avais plus rien entendu de notable sur les homosexuels, jusqu'à l'apparition de la vidéo de l'homme déterré.

12

Angela avait raison : Samba Awa Niang était un cas à part dans ce pays. Une exception. Dans un pays majoritairement musulman, où les homosexuels étaient exclus de la vie sociale – et parfois de la vie tout court –, je ne comprenais pas que Samba Awa Niang fût épargné, voire apprécié, alors que tout le monde savait qu'il était un *góor-jigéen*. Samba Awa était l'improbable mais pourtant réelle rencontre du motif le plus puissant de haine populaire et de la réalité la plus visible de l'adoration publique. Il concentrait dans sa personne ce que les Sénégalais appréciaient le plus – ces êtres hauts en couleur, parangons du folklore local – et ce qu'ils avaient sans doute le plus en horreur – les *góor-jigéen*. J'ignorais comment ce mélange était possible, et ça me travaillait.

J'avais moi-même fini par accepter Samba Awa comme *góor-jigéen*. J'avais fini par l'inclure dans le paysage et dans la normalité. Il était là, tout simplement : c'était une figure familière. D'ailleurs, aussi loin que je me souvenais, je l'avais toujours connu tel quel : affublé d'une part de sa réputation d'homosexuel (que, du reste, il ne faisait rien pour démentir), d'autre part nimbé d'une certaine gloire publique. On pouvait même penser que c'était son homosexualité qui lui avait assuré un tel succès.

J'étais bien content qu'Angela m'ait donné une occasion de le rencontrer. J'avais beaucoup de questions à lui poser.

Je savais que Samba Awa Niang n'était que rumeur : on ne savait rien sur lui mais tout le monde croyait connaître à peu près tout. Il faut dire que Samba Awa lui-même semblait éprouver un obscur plaisir à laisser courir les ragots dont il était l'objet, voire à les entretenir. Les amants célèbres qu'on lui prêtait, les faveurs dont on disait qu'il jouissait auprès des grands (j'ai entendu dire, çà et là, qu'il était sous la protection de l'ambassadeur d'une grande puissance occidentale), les frasques libertines dont il était le protagoniste, les scandales qu'on évoquait à son seul nom (il paraît qu'il avait un jour été surpris dans le lit d'une haute autorité spirituelle du pays), tous ces racontars ne provoquaient chez lui aucune réponse : il ne confirmait rien, ne démentait rien. La rumeur continuait ainsi à courir, à grandes foulées. Samba Awa s'en servait comme d'un atout, cultivant autant la discrétion sur sa vie privée que l'exubérance dans son image publique.

De toute façon, les Sénégalais se foutaient de ce décalage entre vie privée et vie publique. Ces deux sphères n'étaient pas séparées à leurs yeux. Ce qu'ils savaient de certain sur Samba Awa – qu'il animait avec talent des *tàanbéer*[1], *sabar*,

---

1. Manifestation folklorique sénégalaise. Variante du *sabar*.

tours et autres joyeusetés du folklore, et qu'il avait une scandaleuse réputation d'homosexuel – leur suffisait. S'il se comportait en homosexuel aux yeux de tous, c'est sans doute qu'il était homosexuel en privé, vu que, ici, un homme ne fait que ce qu'il est.

Cela produisait l'effet suivant : autant chacun était en mesure de me livrer sur son compte les anecdotes qu'il avait entendues de la bouche d'un autre, autant personne ne savait vraiment qui était Samba Awa une fois hors des cercles de danse. À quoi bon, après tout ? Ce n'était qu'un homosexuel : il devait vivre comme vivaient les homosexuels.

L'adresse que m'avait donnée Angela se situait dans le quartier du Plateau. Je m'y rendis un dimanche soir, comme elle me l'avait recommandé.

*

Ambiance feutrée. Lumières douces, tamisées. Silhouettes de couples, de groupes d'amis, de solitaires. Doux accords d'une invisible kora dans l'air. Chuchotements élégants. Après avoir fait le tour de la salle (je ne vis pas Samba Awa), je m'installai à une table, dans un coin proche de l'entrée, et commandai à boire. Samba Awa Niang entra une heure plus tard. J'eus d'abord du mal à le reconnaître, tant il n'avait rien à voir avec l'homme qui, quelques semaines auparavant, vêtu d'une robe, organisait un concours de danse obscène. Mais en le scrutant longtemps – par chance, il s'était assis à une table voisine et je pus, malgré la faiblesse de l'éclairage, détailler son visage – je finis par reconnaître ses traits

113

véritables, derrière le maquillage qu'il arborait lors de ses performances. Sa mise était élégante, presque noble : c'était un imposant boubou trois-pièces blanc, d'une étoffe riche qui bruissait à chacun de ses gestes.

On lui avait apporté un petit plateau sans même l'avoir consulté : c'était un client régulier de ce bar. Je l'observai encore longtemps. Ses gestes étaient lents, mais précis, dépourvus de toute brusquerie. Quant à son visage, c'était l'un des plus tristes que j'aie jamais vus. J'avais devant moi le tableau d'une mélancolie élégante et solitaire, qui jurait furieusement avec le souvenir du *sabar*.

– Tu me regardes depuis que je suis arrivé, jeune homme. Puis-je t'aider ?

Je n'avais pas remarqué, fasciné par la profondeur de ses traits, qu'il m'observait. Confus, je gardai le silence.

– À l'évidence, continua Samba Awa, tu m'as reconnu. Oui, je suis Samba Awa Niang. Tu peux venir t'asseoir ici, si tu veux, me dit-il en m'indiquant la chaise devant lui.

La proposition me surprit d'abord, m'effraya ensuite. Je restai quelques secondes perplexe, ne sachant s'il fallait accepter son invitation, qui était une chance inespérée de lui parler, ou la décliner et filer.

– Ne t'en fais pas, dit Samba Awa d'un ton grave et sérieux, comme s'il devinait mon trouble, je ne te mettrai pas dans mon lit...

Le soulagement dut se voir dans mon expression.

– ... du moins, pas ce soir, continua-t-il.

Il sourit pour la première fois. Ce n'était pas le sourire coquin et superbe que la foule réclamait à son dieu lors du *sabar.* C'était, au contraire, le sourire d'un homme fatigué, qui n'avait plus vraiment l'habitude d'en esquisser. En cela, il était touchant. Je me levai et m'installai à sa table.

De plus près, le visage de Samba Awa Niang me fascina plus encore; un visage vieilli, marqué, où reposait la souffrance dans toute sa noblesse, sa silencieuse noblesse.

— Tu es journaliste?

— Non, répondis-je.

— Tant mieux.

Il se tut. La kora jouait toujours pour les six ou sept clients qui restaient dans le bar, nous compris.

— Je ne suis pas journaliste. Mais je suis venu ici pour vous rencontrer et vous poser quelques questions. Je suis un ami d'Angela… Angela Green-Diop.

— Ah, cette chère amie… Alors tu es digne de confiance, j'imagine.

— Mais je comprendrais très bien que vous n'ayez pas envie de me parler.

Samba Awa me dévisagea longuement à son tour. Une étrange expression se lisait sur son visage; ce n'était ni de la méfiance ni de l'amusement, plutôt une forme de reconnaissante curiosité, comme si j'étais la première personne, depuis longtemps, à venir vers lui avec cette forme de candeur.

— Tu me plais bien, toi, dit-il lentement au bout d'un certain temps. Peut-être que je te mettrai dans mon lit ce soir, finalement.

Cette fois-ci, ce fut moi qui souris. J'étais étrangement détendu. Un couple sortit du bar. Samba Awa se taisait, comme plongé dans la musique. Je savais cependant qu'il attendait que je parle, et que la pudeur seule le retenait de me demander ce que je voulais au juste. Je me lançai :

– J'étais là il y a quelques semaines, lors d'un *sabar*. Il y avait le concours de la chaise, commençai-je, sans trop savoir pourquoi je mentionnais ce fait. Vous avez été très bien. La foule était conquise.

– Merci, je n'ai fait que mon travail.

– Je voudrais savoir, continuai-je en hésitant légèrement, je voudrais savoir pourquoi tout le monde vous aime tant...

– Probablement parce que je fais bien mon travail, j'imagine.

– Oui, c'est vrai, mais... (Je me tus un moment pour chercher mes mots.) C'est vrai que vous faites formidablement votre travail, mais je voulais dire : pourquoi vous aime-t-on tellement alors que tout le monde sait que vous... enfin, que...

Je ne sus comment achever. Ce n'était pas tant la peur qui me retenait qu'un respect, une compassion que j'éprouvais soudain pour cet homme.

– ... Alors que je suis homosexuel, acheva-t-il doucement.

Je ne répondis pas, la gorge nouée. Samba Awa comprit sans doute que ce silence voulait dire oui.

Il baissa la tête un long moment. Je craignis de l'avoir offensé, mais au moment où j'allais m'excuser il se redressa et me regarda dans les yeux.

– Je ne suis pas homosexuel. Je n'ai jamais eu de relation sexuelle, de toute ma vie, avec un homme. J'ai été marié à une femme, je suis maintenant divorcé, j'ai deux enfants.

Je ne laissai rien paraître de ma stupeur. Samba Awa poursuivit :

– C'est sans doute difficile à croire. Samba Awa Niang, le plus célèbre homosexuel du pays, n'en serait pas un, et aurait des enfants… Pourtant, c'est la simple vérité. Je ne suis pas un homosexuel. Je suis un travesti… Je connais tous ces mots, j'ai été bien obligé de lire des choses, lorsque j'ai compris ce qui m'arrivait. J'ai un master de sociologie de la sexualité.

J'ouvris de gros yeux.

– Oui, j'ai fait des études, que j'ai arrêtées il y a long-temps, pour devenir le Samba Awa Niang qu'on connaît aujourd'hui. Je connais tous les mots des sexualités. Mais tout le langage technique ne sert à rien dans ce pays.

Je me taisais, gagné par l'incompréhension. Samba Awa continua ses explications. Il parlait lentement, détachant chaque syllabe avec une grande netteté. Je sentais que cette clarté n'était pas le reflet d'un calme intérieur, mais d'une profonde détresse qu'il ne contenait qu'en s'imposant une grande maîtrise de lui-même. Il était évident que parler de tout cela le faisait souffrir.

– Le mot *góor-jigéen* est problématique. Ça veut dire homme-femme, comme tu sais. Mais c'est quoi, un homme-femme ? Rien et tout à la fois. On met dans le mot *góor-jigéen* toute identité sexuelle qui n'est pas hétérosexuelle. Alors on m'appelle *góor-jigéen*, comme on nomme ici les homosexuels, les transsexuels, les bisexuels, les hermaphro-dites et même les hommes simplement un peu efféminés ou les personnes à l'allure androgyne. Je suis un *góor-jigéen* par abus et imprécision du langage à la fois. Ici, lorsqu'on n'est pas hétérosexuel, on est *góor-jigéen*. Il n'y a pas de place pour le reste, pour tous les autres types de sexualité que beaucoup d'hommes et de femmes vivent pourtant. J'en connais beaucoup.

– Et ça vous inquiète?

– Je peux être tué demain pour ce que je ne suis pas, mais qu'on croit que je suis à cause d'un mot ou d'une rumeur. Alors oui: ça m'inquiète un peu. Mais je crains de moins en moins la mort. Beaucoup de gens que je connaissais sont morts parce qu'on les accusait d'être *góor-jigéen*, même s'ils étaient simplement efféminés dans leurs manières. Sexuellement, je ne suis pas un homosexuel.

– Mais… commençai-je.

– Oui, m'arrêta-t-il aussitôt. Je suppose que je ne réponds pas à ta question. Pourquoi suis-je aimé alors que, dans l'opinion, je suis perçu comme un homosexuel?

Il marqua une pause, et inspira profondément.

– Je ne sais pas, au fond, ce que je dois te répondre, reprit-il. Je ne sais pas. Pour être honnête, chaque fois que je participe à un *sabar* ou autre, je sais que je peux y mourir. Il suffirait qu'on oublie un temps que j'anime la fête, il suffirait que je cesse un temps de captiver les spectateurs pour qu'ils m'agressent et me tuent. Ma vie ne tient à rien. Je la risque à chaque apparition publique. Chaque sortie peut être la dernière. C'est pourquoi j'essaie de bien faire mon travail. Je m'investis. Je travaille mes *taasu*, mon apparence, mes perruques, les chorégraphies. Tout est étudié dans le détail. C'est peut-être ça qui me maintient en vie. Il y a autre chose : mes performances sont un jeu, je me mets en scène, d'une certaine manière. Je joue à être quelqu'un d'autre, un personnage : c'est le principe même du travestissement. Les spectateurs croient que je joue, ce qui leur fait oublier que je suis un *góor-jigéen*. Ils pensent peut-être que j'exagère le personnage. C'est ça aussi qui me protège, je pense. Je n'apparais jamais comme *góor-jigéen*, mais comme personnage de *góor-jigéen*. Pourtant un jour, peut-être, l'illusion s'arrêtera. La vérité se découvrira. On ne peut rien cacher à l'inquisition sociale. Ce jour-là, la foule réclamera ma tête, et l'aura.

Samba Awa se tut. Je demeurai moi-même muet, incapable de tenir mon esprit qui, après cette tirade, éclatait en mille et une questions. Nous étions désormais les seuls clients ; la kora s'était tue sans que je le remarque ; une serveuse nettoyait une table, un peu plus loin. J'avais ma réponse, mais elle soulevait elle-même plusieurs interrogations.

– Les rumeurs sont donc fausses ?

Cette pathétique question fut la seule que je parvins à formuler parmi toutes celles qui me brûlaient les lèvres. Samba Awa Niang esquissa un sourire, moins triste.

– Toutes, dit-il. À l'exception de celle qui concerne la haute autorité morale, même si on l'exagère.

– Elle est vraie, celle-là ? demandai-je sans pouvoir cacher la soif de ragots qui me saisissait.

– Je l'ai déjà vu, oui. Nous nous sommes rencontrés ici même : il avait besoin de se confier parce qu'il éprouvait des pulsions de travestissement, et craignait d'être rejeté s'il leur cédait, surtout dans l'univers où il baignait. Il est venu me

politicisation

voir spontanément et je l'ai conseillé. Malheureusement pour lui, ce jour-là il y avait beaucoup de monde et quelques-uns nous ont reconnus. C'est de là qu'est partie cette rumeur. Toutes les autres sont fausses, je n'ai jamais eu de relations avec des hommes. Cela m'amuse d'ailleurs de constater, à l'approche de chaque élection, que les hommes politiques cherchent à décrédibiliser leurs adversaires en les accusant d'avoir couché avec moi. J'ai ainsi couché avec tous les membres du gouvernement et presque tous ceux de l'opposition. Cette rumeur me prête bien peu de morale et de convictions politiques, je dois dire…

— Mais, repris-je, vous disiez tout à l'heure que vous avez été marié et que vous avez des enfants…

— Oui. Ils vivent avec leur mère.

— Vous les revoyez ?

— Plus maintenant. Je ne peux leur imposer la honte de ma réputation. Je ne suis même pas sûr qu'ils voudraient d'un père simplement travesti. C'est bien cela qui a poussé leur mère à me quitter… chaque mois j'envoie de l'argent. C'est le seul lien que j'ai gardé avec eux. Je ne veux pas les revoir, pas même en cachette. Cela m'anéantirait, alors que j'en meurs d'envie.

Malgré le tremblement de sa voix, son visage gardait une stoïque et parfaite dignité.

— Ne t'émeus pas de mon sort, mon jeune ami. Il y en a de plus tragiques. Tu as vu la vidéo de cet homme, supposé homosexuel, qu'on a déterré ? Certains n'ont même pas la chance de faire un choix, et encore moins de l'assumer. Moi, j'ai décidé de continuer à me travestir lorsque ma femme m'a sommé de choisir : le travestissement ou la famille.

— Mais enfin, pourquoi avoir choisi de vous travestir ?

— Je ne peux pas te dire pourquoi je me suis travesti la première fois. C'est en moi, un besoin, le seul moment où j'ai le sentiment de vivre. C'est ma liberté. Elle peut me tuer, elle me tuera certainement un jour, mais c'est ma liberté. Mon histoire n'est pas isolée. Il y a beaucoup d'hommes-femmes qui souffrent autrement plus, dans l'ombre.

À ce moment, la serveuse vint vers nous. Le bar fermait.

*

Dehors, il faisait presque froid. Nous avons marché quelques minutes côte à côte, en silence. Puis Samba Awa Niang m'a tendu la main avec un sobre merci. Il partit sans même me demander mon nom, le visage toujours aussi mélancolique. Je ne lui parlerai peut-être plus jamais. Simplement, au prochain *sabar* qu'il animerait, je serai là, anonyme dans la foule, et je le regarderai risquer sa vie en illuminant celle des autres. Je ne veux même pas entendre le récit de son enfance. Je n'avais aucune envie de trouver une raison à son travestissement ; ni de réfléchir à sa solitude et à sa tristesse. Il souffrait déjà assez sans que j'en rajoute. Et puis, à moi aussi il fallait un Samba Awa fantasmé, inconnu, mais que j'étais convaincu de connaître. Je choisis de l'imaginer sans masque et heureux.

13

Quelques jours plus tard, Angela me contacta comme promis pour que nous rendions visite à la famille de l'homme déterré. Je faillis annuler à la dernière minute. Mais je me ravisai. Cela faisait trop longtemps que cette vidéo m'obsédait. J'avais enfin l'occasion, en découvrant l'identité de cet homme, de retrouver un peu de paix intérieure. Du reste, Angela avait tout fait pour que cette rencontre soit possible. Je devais y aller.

Sur le chemin, dans la voiture d'Angela, nous avons longuement parlé de ma rencontre avec Samba Awa. Puis je me suis tu.

– Tu es perdu dans tes pensées…

– Oui, un peu.

– *And what are you thinking about?*

– À rien de très précis… Mes cours…

Angela sourit.

– Quoi ? dis-je.

– Je vois bien que tu mens. Tu ne penses pas à tes cours. *You are fucking scared.* Tu as peur.

– Peur ? De quoi ? De qui ?

– Ah ça, c'est à toi de me le dire. Cette visite te fait peur. Tu as peur de découvrir quelque chose que tu redoutes, ou de ne pas trouver quelque chose que tu espères.

– Je ne comprends pas ce que tu veux dire, Angela.

– *Well, I don't know if I get it myself…* Je voulais dire une phrase mystérieuse, *I guess.*

Elle laissa passer un temps avant de continuer :

– *Tell me*, pourquoi fais-tu ça ?

– Quoi ?

– *All dat shit.* Tout ça. Pourquoi cet homme déterré t'intéresse-t-il autant ? Pourquoi veux-tu tellement savoir qui il était ? Rama m'a dit qu'il y a peu de temps ça t'indifférait totalement. *You didn't give a single fuck. And now,* tu es en route vers chez lui. *Man…* qu'est-ce qui s'est passé entre-temps ? *What happened ?*

Bien sûr c'était la question fondamentale, celle que je n'osais pas encore affronter. La seule question valable. Que s'était-il passé en moi pour que je m'intéresse au sort d'un homosexuel inconnu sorti de sa tombe ? Je n'étais pas sûr de le savoir vraiment. Je ne pouvais même pas utiliser l'argument de la violence que les homosexuels subissaient, puisque je ne la découvrais pas : cette violence, je l'avais moi-même parfois exercée, verbalement, symboliquement. Il y a peu, j'étais encore comme la plupart des Sénégalais : j'avais horreur des homosexuels, ils me faisaient un peu honte. Ils me répugnaient, pour tout dire. Peut-être était-ce encore le cas.

Car après tout, ce dégoût était si profondément ancré en moi qu'il se pouvait que ses racines fussent emmêlées à mon cordon ombilical, dans le ventre de ma mère. Mais j'étais sûr d'une chose : quand bien même les homosexuels me répugneraient encore, il m'était impossible aujourd'hui de nier, comme j'aurais pu le faire – et l'avais fait – dans le passé, qu'ils étaient des hommes. Ils l'étaient. Ils appartenaient de plein droit à l'humanité pour une raison simple : ils faisaient partie de l'histoire de la violence humaine. J'ai toujours pensé que l'humanité d'un homme ne fait plus de doute dès lors qu'il entre dans le cercle de la violence, soit comme bourreau, soit comme victime, comme traqueur ou comme traqué, comme tueur ou comme proie. Ce n'est pas parce qu'ils ont une famille, des sentiments, des peines, des professions, bref, une vie normale avec son lot de petites joies et de petites misères, que les homosexuels sont des hommes comme les autres. C'est parce qu'ils sont aussi seuls, aussi fragiles, aussi dérisoires que tous les hommes devant la fatalité de la violence humaine qu'ils sont des hommes comme les autres. Ce sont de purs hommes parce que à n'importe quel moment la bêtise humaine peut les tuer, les soumettre à la violence en s'abritant sous un des nombreux masques dévoyés qu'elle utilise pour s'exprimer : culture, religion, pouvoir, richesse, gloire… Les homosexuels sont solidaires de l'humanité parce que l'humanité peut les tuer ou les exclure. On l'oublie trop souvent, ou on ne veut pas s'en souvenir : nous sommes liés à la violence, liés par elle les uns aux autres, capables à chaque instant de la commettre, à chaque instant de la subir. Et c'est aussi par ce pacte avec la

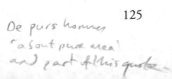

violence métaphysique que chacun porte en lui, par ce pacte, autant que par tout autre, que nous sommes proches, que nous sommes semblables, que nous sommes des hommes. Je crois à la fraternité par l'amour. Je crois aussi à la fraternité par la violence.

Le *góor-jigéen* de la vidéo avait été déterré parce qu'il souillait un sol sacré. C'était au nom de la pureté qu'on l'avait exhumé. Une pureté qui n'était pas seulement celle du cimetière qu'il fallait préserver, mais aussi celle des âmes de tous les hommes qui le déterraient ou assistaient à l'exhumation. Et toutes les personnes qui avaient regardé la vidéo, et qui ne voulaient pas entendre parler d'homosexualité, s'étaient purifiées par procuration. Moi aussi, je m'étais senti purifié la première fois que j'avais vu la vidéo. Mais entre-temps quelque chose avait changé : l'idée que cette purification ait eu pour condition la désacralisation, la profanation, par la violence, du corps d'un autre homme, me couvrait de honte. C'était cette honte que je cherchais à expier. Peut-être...

– Tu ne dis rien, observa Angela. Tu ne sais vraiment pas ?

– Non, Angela. Je veux seulement connaître le nom de cet homme et son visage.

– Bientôt. On est arrivés.

Je remarquai à ce moment-là que nous étions dans un quartier voisin de celui où habitaient Adja Mbène et mon père. Angela se gara devant une maison dont les murs tombaient en ruine et qui n'avait plus de porte. À l'intérieur, une petite cour propre, au milieu de laquelle un grand arbre trônait, ne trompait pas sur la misère des lieux. Il n'y avait qu'un bâtiment encore debout, malgré les profondes lézardes et la peinture sans âge des murs. Angela frappa à la porte de cette masure. Une faible voix sortit de ses profondeurs, comme un appel au secours d'un lointain puits.

*

Je n'arrivais pas à la regarder plus de quelques secondes. Chaque fois que je croisais son regard, la douleur que j'y voyais m'était insoutenable. Elle marquait non seulement ses yeux, mais aussi chaque trait de son visage, chacune de ses expressions, chaque geste de son corps. Avant de la voir, là, sur son lit, dans cette chambre misérable et nue, je n'aurais jamais cru qu'un corps humain pût porter sur lui, comme un habit noir, autant de douleur. Il suffisait de la voir pour comprendre qu'elle souffrait de la peine la plus sacrée qui soit.

C'était une femme égarée, hagarde, pas même vieille puisque le temps glissait sur elle, perdue dans un monde dont le sens lui avait échappé, définitivement échappé. Lorsque nous étions entrés dans la chambre, elle était ainsi, figée dans ce qui n'était même plus de la souffrance, pieds nus. Elle nous a priés de nous asseoir sur une natte en face du lit, contre un mur, puis s'est excusée de ne rien avoir à nous offrir. Ensuite, elle a replongé dans un mutisme que nous n'osions pas rompre. Ce puits de silence, elle seule en connaissait le fond tari, où il n'y a que solitude, soif et désir de mourir. Un deuil est un labyrinthe ; et au cœur de ce labyrinthe, est tapi le Monstre, le Minotaure : l'être perdu. Il nous sourit ; il nous appelle ; on veut l'étreindre. C'est impossible, sauf à mourir aussi. Seul un mort sait étreindre un mort; seule une ombre sait en embrasser une autre. Au cœur du labyrinthe, le Minotaure n'est qu'une ombre, un fantôme, mais un fantôme si beau, si réel, si souriant qu'il nous convainc presque de le rejoindre, nous promettant de mettre fin au chagrin qui nous mine si on le suit, si on se laisse mourir. C'est là qu'il faut lutter, non seulement contre ce Minotaure dont les cornes de vent peuvent nous déchirer, mais surtout contre soi, contre la tentation du suicide. Ce qui ne signifie nullement qu'on doit à l'inverse s'empresser de remonter à la surface, à la rencontre de l'heureux soleil. Il faut aussi lutter contre l'espoir d'un bonheur immédiate-ment possible, poussés par la massive injonction de remon-ter la pente, *car la vie continue.* Qu'ils aillent au diable! Il n'y a aucune rémission à souhaiter, aucune vie à mainte-nir. Refuser d'accepter la mort de ceux qu'on a perdus, c'est le plus beau, le plus durable monument qu'on puisse leur élever. Habiter son chagrin, lutter, là encore, non contre la souffrance, car on ne cesse jamais de souffrir pour les êtres aimés et perdus, mais pour atteindre, par cette souffrance, à l'état que seule leur absence peut engendrer, l'état auquel, de leur vivant, nous ne pouvions accéder, puisqu'ils n'appar-tenaient pas encore au temps des ombres : le don absolu de notre mémoire à leur souvenir. L'ascèse de la mémoire est l'unique manière de lutter, l'unique manière de *re-connaître* l'être perdu à force de vivre en sa compagnie d'ombre. Faire le deuil de quelqu'un n'est pas se morfondre dans un cha-grin stérile, autotélique; non : faire le deuil de quelqu'un, c'est tenter de transformer son propre chagrin en un moyen

de connaissance, en une voie pour reconstruire en nous
le monde du défunt, le rebâtir comme un temple ou un
palais, et en arpenter ensuite les couloirs perdus, les passages
dérobés, les pièces secrètes, pour y découvrir des vérités auxquelles nous étions aveugle lorsqu'il vivait. Un seul être vous
manque, et tout est repeuplé : telle devrait être la morale du
deuil ; tel devrait être le cœur de la solitude des survivants…

Cette femme sur son lit, je le voyais bien, luttait au fond
de son puits. Je ne pouvais rien faire pour l'aider.

Au bout d'un temps très long, elle sortit provisoirement
de son labyrinthe et me fixa. Je soutins avec peine son regard.
Sur son visage, je vis aussi celui de ma mère, celui d'Adja
Mbène, celui de toutes les mères. Mais celle-ci avait perdu
son fils, à qui on avait refusé une sépulture. Sa voix retentit
soudain, faible mais formidable dans le silence de la pièce.

– Comment t'appelles-tu ?

– Ndéné. Ndéné Gueye. *Siggi leen ndigalé.*

– Je te salue, Ndéné Gueye. *Siggil sa wàal*[1]. Angela m'a
dit que tu voulais me voir. Pourquoi ?

À cette femme je ne pouvais répondre que je n'en savais
rien, comme je l'avais dit un peu plus tôt à Angela.

– Parce que j'ai honte de ce qu'on a fait à votre fils.

La mère ne répondit pas immédiatement. Elle sembla
évaluer patiemment chacun de mes mots, comme si elle en
vérifiait la sincérité.

---

1. « *Siggi leen ndigalé. – Siggil sa wàal* » : en wolof, dialogue rituel par
lequel une personne présente ses condoléances à une autre, qui les reçoit
et remercie.

– Tu le connaissais ? me demanda-t-elle enfin.

– Non. Mais je veux le connaître.

– Tu parles de lui comme s'il était encore de ce monde.

– Pour moi il est encore un peu vivant.

– Détrompe-toi, Ndéné Gueye. Il est mort. On n'est pas un peu vivant. Il est bien mort et je le sais. S'il était vivant, tu ne serais pas ici.

Je gardai le silence, ne sachant plus quoi dire.

– Je ne sais pas s'il était homosexuel ou non, reprit-elle. J'espère au fond de moi que non, car je suis musulmane et je crois en Dieu. Mais quelle importance finalement ? C'était mon fils.

Elle redescendit dans son puits. Angela était au bord des larmes et, dans chaque silence, je n'entendais que sa respiration rapide, saccadée, comme si elle luttait contre des sanglots qui, je le savais, finiraient par éclater et la vaincre.

– C'était mon unique enfant, continua la mère. Son père est mort quand il avait trois ans. Je l'ai élevé seule. Je me suis battue pour lui. Je me suis humiliée pour sa réussite. Il allait finir l'université cette année. J'ignore s'il aimait les hommes ou les femmes, mais j'étais fière de lui. Il m'aidait. Il donnait des cours particuliers pour gagner un peu d'argent. C'était un fils exemplaire. Et un beau jour, sortie de nulle part, cette rumeur… C'est ce qui l'a tué. Il est tombé malade d'un coup, brutalement. Une maladie rapide, étrange, quelques jours après les révélations d'une amie au sujet des rumeurs qui couraient sur son compte… Pas assez d'argent pour l'hôpital… Le marabout a donné une liste interminable de bêtes à sacrifier pour qu'il guérisse... C'était encore plus cher que l'hôpital. Et les gens...

Sa voix se brisa et elle ferma les yeux. Aucune larme n'en coula cependant. Elle avait déjà dû les verser toutes.

– Les gens ont commencé à parler d'une maladie honteuse... Il avait maigri... On murmurait des noms : sida, MST... Je ne comprenais pas. On évoquait un mal homosexuel... La rumeur a enflé. Sa maladie donnait du poids aux soupçons. Puisqu'il était malade, c'était un *góor-jigéen*. À partir de là, il était mort.

Angela étouffa un sanglot. La mère poursuivit d'une voix de plus en plus sourde et plus nerveuse.

– On l'a tué, puis on a refusé que je l'enterre. La rumeur était passée par là. Je n'avais pas d'argent pour le mettre à la morgue. Je voulais l'enterrer tout de suite. L'imam a refusé. Il avait entendu la rumeur. Je n'avais pas le choix. Je n'avais personne. Je lui ai donné seule le bain mortuaire. J'ai lavé mon fils mort. Le lendemain, le cadavre commençait à puer. Il faisait chaud. Le corps enflait. L'odeur de la mort. L'odeur de mon fils mort. J'ai dormi avec lui, avec son cadavre, dans la même pièce, ici même. Il était étendu sur cette natte, exactement là où vous êtes.

Elle désigna la natte d'un doigt décharné. Je frémis, pétrifié.

– Oui, il était là... Personne ne voulait l'enterrer. On le tuait une seconde fois. Deux jours ont passé. Le cadavre était toujours là. Il puait... Les vers... les mouches... tout ça dans cette chambre. Ici.

Elle pointa le doigt sur nous et répéta : «Ici même.» À cet instant, à la souffrance se mêlait quelque chose d'autre, une ombre inquiétante, celle de la démence tranquille. Ce mélange déformait ses traits en une épouvantable et inhumaine expression. Elle poursuivit :

— En un jour j'ai bradé mes bijoux, mes habits de valeur, mes meubles. Puis j'ai proposé à deux hommes, deux fossoyeurs, de m'aider à enterrer mon fils, en échange de l'argent. Je n'ai pas pu leur cacher la raison pour laquelle cette tâche devait être clandestine. Ils ont accepté. L'argent rachète tout, même le dégoût. Ils ont accepté. En pleine nuit, ils sont venus avec une charrette. Ils ont chargé le corps que j'avais enveloppé dans un linceul en percale, puis recouvert d'un grand drap sombre. Nous sommes partis. Nous avons pris des détours, évitant le plus possible de croiser des gens. Il y a beaucoup de jeunes chômeurs dans ce pays, ils ne dorment jamais. Qu'ont-ils pensé de nous ? Une vieille charrette tirée par un âne, en pleine nuit, transportant deux hommes, une femme et une forme qui ne pouvait pas prêter à confusion. On ressemblait à un attelage de mauvais esprits. Nous sortions de l'enfer ou nous y allions. Au cimetière, les deux fossoyeurs ont repéré un coin un peu à l'écart des autres tombes. Ils ont rapidement creusé un trou, où on a mis le corps. Ils m'ont laissé quelques minutes pour me recueillir. J'étais tellement bouleversée que je n'ai pas pu prononcer une seule parole de prière. Je regardais le corps et je pleurais. J'avais envie de me jeter dans la tombe et de demander aux deux hommes de m'enterrer avec le cadavre de mon fils. Ils m'ont dit avec brutalité de me dépêcher : j'avais déjà beaucoup de chance qu'ils aient accepté d'enterrer quelqu'un dans ces conditions. Je me suis détournée du corps, ils ont refermé la tombe, nous sommes partis comme des voleurs dans la nuit. Je suis revenue ici et j'ai pleuré jusqu'à l'aube, avant de m'endormir de fatigue. Ce qui m'a réveillée...

Angela ne put étouffer ses sanglots, et sortit de la chambre. Je demeurai immobile.

— Ce qui m'a réveillée, ce sont les cris d'une foule qui approchait. Des cris de colère... des insultes. J'ai compris. Je me suis levée, je suis sortie de la maison sans me presser. Je n'avais pas peur. Ils étaient bien là... Des visages de haine... Entre eux et moi, le corps : déterré, souillé, les vers, les blessures, encore et toujours les grosses mouches noires et vertes... L'odeur... J'ai attendu en silence que la foule me tue. J'étais prête. Mais elle ne m'a pas tuée. Une voix m'a dit : « On t'a vue cette nuit. Va enterrer ton *góor-jigéen* de fils ailleurs. Pas dans notre cimetière. Pas parmi les musulmans. » J'ai entendu des injures : mère de chien... putain... chienne maudite... Puis ils sont partis. Ils m'ont laissée seule, une fois de plus, avec le cadavre qui se décomposait.

Elle se tut si longtemps que je crus qu'elle ne parlerait plus. Mais elle reprit soudain :

— Je n'avais plus le choix. J'ai pris une pelle et je l'ai enterré en plein jour. Ici. Au pied de l'arbre, au milieu de la cour. Par-dessus le mur, hissés sur la pointe des pieds, certains m'ont vue et savent que mon fils est enterré ici. Depuis lors, la maison est devenue maudite. Personne n'ose approcher. Angela est arrivée quelques jours plus tard. Elle m'a dit qu'elle travaillait pour des gens qui pouvaient m'aider. Elle voulait reprendre le corps, l'enterrer décemment, mais c'était trop tard. Il a eu un enterrement décent, car c'est sa mère qui l'a enterré. C'est moi qui l'ai enterré.

Elle se tut. Je sentis cette fois qu'elle n'avait plus rien à dire. Nous restâmes longtemps comme ça, dans le silence de cette pauvre chambre. L'ombre inquiétante avait quitté le visage de la mère. Il n'y avait plus là qu'une tristesse, immense et sans remède, ainsi que la trace de quelque chose d'infini et de têtu, et que j'hésitais, parce que ce mot était trop facile, trop simple, trop usité, trop limité, presque insultant pour cette femme, à nommer courage.

*

Angela et moi n'avons échangé aucun mot sur le chemin du retour. On ne pouvait rien ajouter après le récit de la mère. Avant de partir, j'étais allé au pied de l'arbre, où la tombe n'était matérialisée que par de grosses pierres qui délimitaient un espace rectangulaire. Aucun nom. Angela m'avait dit que la mère ne savait pas écrire. J'avais demandé à la mère le nom de son fils. Amadou. Avait-elle une photo ? Elle avait plongé la main sous son oreiller et tiré un cliché, relativement récent.

L'homme était loin de l'image que je m'étais arbitrairement faite de lui. Il n'était pas laid, bien au contraire, je le trouvais beau, très beau, avec ses traits délicats, presque féminins, ses grands yeux malicieux, ses lèvres pleines souriant timidement à l'objectif, son large front sans rides. Il donnait, lui aussi, mais pour d'autres raisons que sa mère, l'impression que le temps glissait sur lui…

J'ai demandé à Angela de me déposer chez Rama. Je n'avais pas envie de rester seul après ça, seul avec Amadou, son visage, le récit de sa mère. Angela n'insista pas pour me tenir compagnie. Elle savait que j'avais besoin de retrouver Rama.

– J'ignore si tu sais maintenant pourquoi tu fais tout ça, me dit Angela en me quittant, mais je crois que la mère d'Amadou est une bonne raison.

Sans rien dire, j'allai rejoindre Rama. Elle m'étreignit dès qu'elle me vit arriver, comme si mon visage annonçait ma détresse. Je pleurai longuement dans ses bras. Je ne connaissais personne qui sût comme elle donner la certitude qu'on était écouté, compris.

14

Quelques jours plus tard, je suis retourné chez la mère d'Amadou, seul cette fois. J'ignorais pour quelle raison précisément. Je sentais seulement, de manière confuse, qu'il restait quelque chose à accomplir, une tâche mystérieuse dont l'exécution seule atténuerait, puisqu'elle ne pouvait l'effacer, ce sentiment de honte que je ressentais déjà avant d'avoir entendu le récit de la vieille femme, et que ce dernier, loin de le dissiper, avait au contraire exacerbé.

Dans la maison maudite, rien n'avait changé : la cour était toujours déserte et seul le feuillage du grand arbre en son milieu s'agitait parfois, comme pour rappeler que l'endroit n'était pas pétrifié, ni oublié de la vie et du temps. Dans son ombre, la tombe d'Amadou. Les grosses pierres. L'espace sacré qu'elles délimitaient et que les chats sauvages eux-mêmes semblaient respecter, l'évitant soigneusement. Je m'approchai, et restai un moment immobile à côté d'elle.

Je ne voyais la mère nulle part. J'allai frapper à la chambre. Sa voix faible m'invita à entrer.

Elle était couchée sur le flanc, le dos tourné à la porte. J'eus la certitude, en la voyant ainsi, qu'elle n'avait pas bougé depuis notre première visite. Il avait pourtant bien fallu qu'elle se lève, qu'elle mange. Mais il y avait dans son attitude, sa voix, l'atmosphère de la chambre, quelque chose qui m'assurait du contraire. J'en étais certain : son corps avait bougé pour obéir aux exigences de la survie, mais son âme, son âme, elle, était restée là, immobile, pour répondre à celles de la vie véritable. Elle n'avait pas quitté la chambre. Elle était toujours au fond du puits. Elle se trouvait encore dans le labyrinthe, aux prises avec le Minotaure.

– C'est moi, Ndéné Gueye. Je suis venu il y a quelques jours avec…

– Je savais que tu reviendrais. Assieds-toi. Je n'ai pas grand-chose à t'offrir, pardonne-moi.

Elle ne s'était pas retournée ; elle n'avait pas même bougé. On aurait dit que sa voix n'émanait pas de son corps, mais de l'air, de l'étoffe invisible de la pièce. Je m'assis sur la natte, et commençai alors notre marche. Elle ne s'alourdissait de rien : ni mots, ni gestes, ni regards, ni bruits ; il n'y avait que nos deux souffles, réduits à leur manifestation essentielle la plus infime. Je tentais de lui donner quelque chose qui n'était ni la componction affectée qu'on peut ressentir et témoigner à une mère endeuillée – celle-là ne suffit jamais – ni le sentiment présomptueux de comprendre sa douleur – celui-là est toujours illusoire – mais, bien plutôt, un autre présent, à la fois plus précieux, plus modeste que la compassion ou l'empathie, ma présence, ma simple mais totale présence. Je voulais être là, pas seulement pour, mais avec elle. Je ne pourrais pas aller loin à son côté, je le savais : on finit toujours par être seul dans le labyrinthe. Mais, avant, on a besoin de compagnie. C'est ce que j'essayais de lui offrir. La vraie disponibilité est celle qu'on doit aux morts ou à ceux qui les accompagnent outre-tombe. Les vivants se figurent toujours que ce sont les morts qui les abandonnent. Sans doute est-ce en partie vrai, mais il vient rarement à l'esprit que l'inverse est également valable et que, d'une certaine manière, les vivants abandonnent les morts pareillement. Les morts aussi sont seuls. Jusqu'au bout, ils ont besoin qu'on les accompagne, qu'on leur fasse cortège. Je voulais être dans le cortège d'Amadou. Je ne voulais pas laisser sa mère en être la seule marcheuse. Je tentais d'offrir ma disponibilité et ma présence à cette femme ; j'essayais d'aller aussi loin que possible derrière elle, jusqu'à la limite où je devrais nécessairement m'arrêter pour la laisser, seule pour de bon, avec son fils.

Le soir nous surprit dans cette marche immobile et silencieuse. La chambre s'était tellement assombrie que je ne voyais plus que la silhouette figée de la mère, dont le seul signe de vie était l'imperceptible respiration qui soulevait son flanc. En me levant, je rompis le dialogue muet.

– Je vais m'en aller.

– Je te remercie d'être venu.

– J'aimerais revenir.

– C'est ta maison.

Je partis. Le crépuscule annonçait une nuit fraîche. Quelques oiseaux s'ébattaient encore en vols brusques dans le feuillage du grand arbre. Les grosses pierres s'étaient fondues dans l'ombre, je ne les voyais plus.

Je revins le lendemain. Cette fois-ci elle avait le visage tourné vers la porte d'entrée, comme si elle m'attendait. On s'est salués, puis je me suis assis à ma place habituelle, sur la natte. Elle se leva – c'était la première fois que je la voyais debout – et sortit. J'hésitai à la suivre, et décidai finalement de rester dans la chambre. Elle reparut peu après, portant un bol fumant de *laax*, de la bouillie de mil arrosée de lait caillé.

– J'ai quelque chose à t'offrir aujourd'hui.

Je remerciai et mangeai avec appétit. Quand j'eus fini, elle rapporta le récipient dans la cuisine et me donna un grand pot d'eau. Je remerciai encore et lui dis que le *laax* était très bon.

– C'était son plat préféré.

Elle se recoucha ensuite, le visage face au mur. Je savais alors que c'était l'heure de reprendre la marche. Combien de temps durerait-elle, pour cette femme ? La question était bête : il était évident qu'elle ne cesserait jamais de marcher à côté de son fils. Mais quand accepterait-elle de ralentir, de le suivre de loin, de le laisser grandir, voler de ses propres ailes dans la mort ? Quand serait-elle prête à accepter l'idée que le labyrinthe n'est pas le seul aboutissement possible ? Je l'ignorais. Le temps du deuil ne connaît pas de norme, mais j'étais convaincu, sans pouvoir dire pourquoi, qu'une mère qui voit son enfant quitter le monde le veille au moins aussi longtemps qu'elle l'a porté avant de l'y mettre. Le soir venait. J'allais rentrer quand elle se retourna vers moi.

– Je ne veux pas que tu me croies en train de faire de toi un fils de substitution, Ndéné. Ce serait trop facile. Et plus douloureux à la longue. Mais je te suis reconnaissante d'être venu. Tu es la seule personne à te soucier de lui. Angela, c'est son travail… Mais toi… Je te remercie. Je voulais aussi te dire que c'est la dernière fois qu'on se voit avant longtemps. Je pars demain pour Touba, la ville sainte. J'ai décidé de me dévouer entièrement à la religion et au travail, puisque je n'ai plus rien. Un de mes cousins vit là-bas. Il y possède des champs où je travaillerai. Ici, avec mon fils à côté, je ne retrouverai jamais le goût de vivre pleinement. J'ai une faveur à te demander. De temps en temps, reviens ici prier sur la tombe. Une dernière chose, Ndéné : je ne sais toujours pas vraiment pourquoi tu es venu et revenu. Je ne sais pas pourquoi tu t'es tellement attaché à mon fils. Ou à moi. Tu cherches quelque chose. Je ne sais pas non plus si la réponse est ici. Ici, il n'y a rien. Mais j'espère que tu trouveras ce que tu cherches. J'espère sincèrement.

15

Je n'enseignais plus. J'aurais bien voulu, mais c'était impossible : trop peu d'élèves se présentaient dans ma classe. Je crus au début que c'était par paresse et qu'ils séchaient, tout simplement, mon cours. Mais ce n'était pas ça. J'avais fini par comprendre qu'en fait ils le boycottaient. La raison n'était pas difficile à trouver : mes propos sur Verlaine.

Le doyen de la faculté ne tarda pas à se manifester. Après la troisième séance que mes étudiants ignorèrent, il m'appela dans son bureau et m'annonça que le ministère avait décidé de me suspendre pour une durée encore indéterminée, à la suite de plusieurs plaintes qui m'accusaient de perversion et d'insubordination. Il pourrait intercéder en ma faveur pour faire annuler ma mise à pied, à la seule condition que je présente des excuses pour avoir dit qu'interdire l'enseignement de Verlaine au motif qu'il était homosexuel était stupide. Je lui demandai à qui de telles excuses devaient être adressées. L'imbécile ne perçut pas mon ironie et me répondit :

devant les élèves et devant le ministère – qu'il représentait. Une furieuse envie de rire me prit. Je réussis difficilement à la contenir.

Finalement, je demandai quelques jours au doyen pour écrire une lettre d'excuses comme il fallait. Il se montra ravi : il avait toujours su que j'étais un homme intelligent, en plus d'être un excellent professeur. Il mettait ma foucade sur Verlaine sur le compte de ma jeunesse dans le métier. J'eus même sa promesse qu'il me défendrait auprès du ministère – il connaissait le ministre. Ces grands messieurs décideraient de mon sort, qui dépendrait beaucoup de mon attitude et de ma capacité à me repentir. Je sortis de son bureau. Je n'avais évidemment aucune intention de présenter des excuses à qui que ce soit.

Je ne savais pas encore ce que j'allais faire. J'appelai M. Coly pour le tenir au courant des faits. Il me dit qu'il craignait le pire et me demanda de venir le voir chez lui. Il voulait me parler.

*

– Ma femme et mes enfants ne sont pas là, m'annonça-t-il tandis que nous entrions dans la maison. Ils sont allés rendre visite à un parent.

Nous entrâmes dans un grand salon. M. Coly m'offrit à boire.

– Que comptez-vous faire ? Vous allez écrire cette lettre d'excuses ?

– Non.

– Vous devriez peut-être, Ndéné. Vous devriez peut-être… Je vous comprends, mais votre cas s'est aggravé très vite. La mise à pied, ce n'est rien… Ce sont les rumeurs…
Il leva des yeux inquiets.
– Des rumeurs ?
– Évidemment, vous ne pouvez pas être au courant. On est toujours le dernier à apprendre les rumeurs qui courent sur notre compte. Mais elles existent… Elles me sont parvenues. Les couloirs de l'université sont indiscrets. Pour la faculté, peut-être pour toute l'université, vous êtes un militant pro-gay qui aime la poésie homosexuelle et qui a tenté de l'imposer en cours, contre les directives du ministère. Comprenez-vous ce que ça veut dire ? Oui, vous le comprenez : ça veut dire que vous êtes vous-même gay. Autrement dit, danger ! Je vous le dis sans ambages : on peut vous agresser, voire vous tuer à tout moment.
Il se massa le front et murmura, comme pour lui-même :
– Ce qui se passe autour de l'homosexualité dans ce pays, actuellement, est effrayant. Cette violence, cette crispation. Ce n'était pas le cas, dans le temps…
– Que voulez-vous dire ?
– C'était autre chose. J'ai connu une époque où les homosexuels étaient différents. C'est le mot. Les homosexuels ont toujours existé au Sénégal, ceux qui disent le contraire sont soit trop jeunes, soit de mauvaise foi, peu observateurs de leur culture. Les homosexuels ont toujours existé parmi nous, mais ils se comportaient d'une autre manière. Rien dans leur habillement ou leur attitude n'indiquait qu'ils étaient *góor-jigéen*. Pourtant, tout le monde le savait et l'acceptait.

145

À l'époque, ils ne gênaient personne parce qu'ils étaient discrets, polis, respectables. Ils avaient dans la société un rôle particulier, qu'ils remplissaient sans chercher à en rajouter, sans chercher à faire inutilement remarquer qu'ils étaient singuliers. Tout le monde le savait. Ils vivaient en général seuls, et comptaient sur l'appui de leur protectrice et sur ce qu'on leur donnait, lors des cérémonies, pour vivre. Cette discrétion et l'importance de leur rôle dans le jeu social faisaient que, même si l'homosexualité était interdite dans l'islam, on ne tuait pas les homosexuels, on ne les emprisonnait pas systématiquement. Il y avait des lois, bien sûr. Des lois anti-homosexuelles, comme aujourd'hui, mais leur application était plus complexe. Ceux qui évoquent un âge d'or, où les homosexuels auraient été traqués plus durement, chassés de la société, ne savent pas de quoi ils parlent. Ce passé dont ils ont la nostalgie, je l'ai vécu. C'était le contraire de ce qu'ils veulent croire et faire croire.

— Et aujourd'hui ?

— Aujourd'hui…

Désabusé et triste, il garda le silence, absorbé dans je ne sais quelle profonde mélancolie.

— Aujourd'hui, finit-il par continuer, ce n'est plus possible. Une minorité de *góor-jigéen* a fait changer toute la perception des homosexuels. En mal, bien sûr. Ils sont vulgaires, impudiques, provocateurs. Ils se marient ! Se marier ! Quelle folie… L'indiscrétion de cette petite minorité, leur irresponsabilité, font beaucoup de mal aux autres, la majorité silencieuse des homosexuels. L'homosexualité est devenue vulgaire. En tout cas, on n'en voit plus que cette part. Comme

souvent, c'est une poignée de gens qui donnent d'une réalité une image fausse, au détriment du plus grand nombre.
Les autres Sénégalais, la majorité hétérosexuelle, se sentent
agressés. Moralement. Religieusement. Visuellement.

La pendule sonna 17 heures. M. Coly me servit du bissap[1].

– Cette minorité insulte et déshonore l'homosexualité,
insista-t-il. Une caricature. Ils font beaucoup de tort aux
autres. Aujourd'hui, les homosexuels sont obligés de se
cacher, physiquement, socialement, surtout. Dans les cérémonies, on ne voit presque plus de *góor-jigéen.* Très peu
essaient encore de remplir une fonction sociale.

Je ne pus m'empêcher de penser à Samba Awa.

– Hier, poursuivit M. Coly, que je n'avais jamais vu si
bavard, les homosexuels vivaient seuls. La société les assu-
mait en tant que tels. Aujourd'hui, pour éviter de se faire
tuer ou lyncher, ils prennent des couvertures sociales : ils se
marient avec des personnes du sexe opposé, ont des enfants,
travaillent dans des domaines où personne ne les soupçon-
nerait. Ce phénomène a commencé il y a longtemps. Il y
a beaucoup plus d'homosexuels qu'on ne le croit dans ce
pays. Simplement, ils ont peur. Peur d'être confondus avec
la minorité vulgaire, la plus bruyante, peur d'être tués. On
est passés d'homosexuels socialement utiles et discrets à des
pédales – pardonnez-moi l'usage du terme – qui ne sont
intéressées que par leur image. Les pédés ont remplacé les
góor-jigéen. Les mots sont importants ici. L'un est culturel,
qui renvoie à une réalité sociale particulière ; l'autre est une

---

1. Boisson rafraîchissante et tonifiante à base de fleurs d'hibiscus séchées.

affaire de provocation. Comprenez-moi bien : je ne dis pas que l'homosexualité est une bonne chose, d'ailleurs, elle n'est ni bonne ni mauvaise, c'est une chose, tout simplement, un phénomène qui existe... Je dis simplement qu'elle a existé différemment, et qu'elle a été tolérée dans ce pays. Les homosexuels vulgaires qui sont persécutés ne devraient pas se plaindre de la vague d'homophobie qui déferle sur le pays. Ils en sont les principaux responsables.

— Comment pouvez-vous dire ça, M. Coly ? Vous avez vu la vidéo de l'homme déterré ? Il s'appelait Amadou. On n'est même pas sûrs qu'il était homosexuel. Cette violence... Supposons même que les *góor-jigéen* d'aujourd'hui soient vulgaires, comme vous dites. Soit. Mais la vulgarité n'a jamais tué personne.

— Non, c'est pire : elle fait tuer d'autres personnes qui n'ont rien à se reprocher.

Ces dernières paroles me surprirent. Sa voix trahissait une certaine amertume. Il semblait haïr profondément ceux qu'il accusait d'avoir déshonoré l'homosexualité. Il s'agitait.

— Je vais fumer un peu, si ça ne vous dérange pas. Ma femme m'interdit de le faire à l'intérieur depuis que nous avons des enfants. Mais bon... pour une fois... Merci.

Avec des gestes fébriles, il bourra sa pipe et l'alluma. À la première bouffée, son agitation se dissipa. M. Coly retrouva son sourire et son calme, cette élégance qui m'était familière. Il me regarda et me sourit avec bienveillance. Quelques bouffées de plus parurent le rasséréner définitivement et il poursuivit comme s'il ne s'était jamais arrêté, mais d'une voix plus douce.

– Si les homosexuels d'aujourd'hui sont si indécents, c'est parce qu'ils sont influencés par le monde des Blancs. Là-bas, les homosexuels s'aiment et s'embrassent à la vue de tous. Ils peuvent se marier légalement. La réalité homosexuelle est reconnue et montrée, dans des manifestations, dans des films. Et les homosexuels, ici, croient qu'ils peuvent se permettre la même chose, qu'ils peuvent réclamer des droits similaires, adopter la même attitude en public. C'est du suicide. Les Blancs donnent de l'homosexualité une image qui fait fantasmer ceux d'ici, qui veulent imiter cette image. Sauf qu'elle ne peut pas être la même ici. Du moins, pas encore. Dans leurs pays, les Occidentaux sauvent les homosexuels ; ici, on les condamne. Ils ne se rendent pas compte que les pressions qu'ils exercent sur nos gouvernements pour la dépénalisation de l'homosexualité produisent l'effet inverse : une montée de l'homophobie. Ils ne le comprennent pas...

– Vous reprochez à l'Occident de faire avancer les droits sur l'égalité ?

– Non, bien sûr, mais je lui reproche de vouloir faire avancer ces droits chez nous. Je sais que vous allez me parler de république, de démocratie, d'égalité... Je sais... Mais je crains que l'égalité ne soit une chimère en démocratie. Elle l'est même en Occident, où les pires inégalités subsistent, selon l'origine, la classe sociale, la richesse, la religion. La marche vers l'égalité ne peut s'effectuer à la même vitesse partout. Mais dites-moi (il me regarda alors comme si ce qui avait été dit jusqu'ici n'avait été qu'un propos liminaire à ce qui venait) : dans quel camp êtes-vous, à propos de l'homosexualité ?

Je ne sus que répondre. Je n'étais même pas certain d'avoir bien compris la question. Puis, comme visiblement il attendait ma réponse, je dis :

— Je ne sais pas. Il n'y a pas de camps.

M. Coly me fixa longtemps, avec une étrange expression. Puis, de sa voix lente, il prononça :

— Votre position est intenable, Ndéné. Il faudra savoir. Il faudra surtout choisir. Tôt ou tard. On est toujours dans un camp. Choisir. Et assumer.

La sonnette de l'entrée retentit.

— C'est un ami qui devait venir me voir, me dit M. Coly.

Il alla ouvrir et reparut un instant plus tard, suivi d'un homme qui me salua timidement. Sa main était molle, il y avait dans sa poignée beaucoup de douceur. Il était grand et son caftan mauve aux plis impeccables lui donnait une certaine allure. Il sentait bon. Les effluves boisés de son parfum embaumaient la pièce depuis qu'il y avait pénétré. M. Coly fit les présentations, me précisant que son invité et lui étaient de vieux amis. Puis il se dirigea vers la cuisine après nous avoir priés de nous asseoir. Nous nous installâmes, moi sur le canapé où j'étais assis auparavant, le nouveau venu sur un fauteuil à côté. Quelque chose en lui m'intriguait. Il engagea la conversation, d'une voix un peu fuyante. Il me demanda si El Hadj Majmout Gueye était mon père. Surpris, je le confirmai. Il me dit que nous nous ressemblions beaucoup. Je lui demandai où il avait connu mon père.

— À la mosquée, répondit-il.

Cette réponse me révéla ce qui m'intriguait chez cet homme : je l'avais déjà vu. Et bien que son visage me parût extraordinairement changé, je n'avais plus aucun doute : c'était le *jotalikat*. Celui-là même qui avait relayé le dernier prêche d'« Al Qayyum ». Mais où étaient le regard bovin, la laide calvitie ? Miraculeusement évaporés. Certes, il m'arrivait parfois de percevoir au fond de ses yeux quelque chose d'un peu bête, mais c'était une bêtise touchante, gênée. Quant à sa tête, elle était soigneusement rasée et brillait.

Je ne retrouvais rien, chez l'homme qui était devant moi, de l'aplomb, de l'énergie, de l'assurance du *jotalikat* déchaîné que j'avais vu quelques semaines plus tôt, à côté du moribond El Hadj Abou Moustapha Ibn Kkaliloulah. M. Coly revint, servit un verre de gingembre au *jotalikat* sans lui demander si c'était bien ce qu'il voulait, puis s'assit près de moi.

Je me trouvais entre les deux amis. Un étrange silence s'installa, que nous ne rompions de temps en temps que pour parler de banalités profondes. M. Coly et le *jotalikat* se parlaient très peu directement. Même s'ils s'interpellaient, ils faisaient en sorte que je sois toujours dans la boucle de la conversation, que je puisse intervenir. Ils semblaient redouter que je me taise et qu'ils fussent dans l'obligation d'avoir, seuls, la charge de la discussion.

Après un quart d'heure de ce drôle de supplice, j'annonçai que j'allais prendre congé. M. Coly tenta de me retenir, selon les convenances de l'hospitalité. Je prétextais que j'avais une course à faire. Je ne pus l'empêcher de me raccompagner jusqu'au portail. Je le remerciai chaleureusement pour son invitation et la discussion que nous avions eue. Au moment de nous quitter, il me serra fortement la main et me dit :

— Faites très attention, Ndéné.

Je crus un moment qu'il allait me dire autre chose, mais il n'ajouta rien. Il me sourit seulement, puis retourna vers l'intérieur de la maison d'un pas impatient. Son ami l'attendait.

16

Peu à peu, je la sentis naître, bruire, enfler dans les regards insistants, les chuchotements qui précédaient ou suivaient mon passage, les mouvements de menton me désignant de loin : la rumeur, l'irrépressible crue de la rumeur. À l'université et dans mon quartier, les gens parlaient. Je ne cherchai pas à savoir ce qui se disait au juste. Tôt ou tard, la rumeur me tomberait dessus toute mûre sans que j'aie besoin de la cueillir.

Qu'est-ce au juste qu'une rumeur ? L'illusion d'un secret collectif. Elle est une toilette publique que tout le monde utilise, mais dont chacun croit être le seul à connaître l'emplacement. Il n'y a aucun secret au cœur de la rumeur ; il n'y a que des hommes qui seraient malheureux s'ils ne pensaient pas en détenir un, ou détenir une vérité rare dont ils auraient le privilège.

Je ne crois pas au secret partagé. Une fois dit, une fois coulé dans une phrase, une confession, un récit, un secret n'en est plus un. Tout langage le viole. Toute mise en parole est déjà une élucidation de son cœur primordial et obscur, une souillure du silence qui en est la seule vraie condition d'existence. Un secret qu'on se dit, qu'on se dit à soi-même sous une forme claire, est déjà perdu. Il ne peut exister qu'en nous, en ce soi trouble, ce cloître mal éclairé où la vérité doit non seulement toujours s'entourer d'ombres, mais encore être une part de cette ombre. Un vrai secret n'est jamais clair, même à sa propre conscience. Alors deux consciences pour un secret, c'est trop à mes yeux. Dès qu'on le dit, on le trahit, et doublement : d'abord parce qu'on a mis des mots sur ce qui était un réseau mystérieux de vérités n'ayant de sens que dans notre silence intérieur ; ensuite parce que les mots qu'on a choisis pour le confesser ne resteront pas les mêmes dans la mémoire de celui qui le reçoit. Les mots du secret, qui sont la première trahison du secret, seront immanquablement trahis à leur tour dans l'esprit de celui à qui on le confie, qu'il le garde ou le répète.

Au-delà de soi il n'y a plus de secret : il n'y a qu'un dépôt, le sédiment d'une matière brute que la parole a peu à peu dénaturée et érodée pour n'en garder que le souvenir vague. On est alors dans la rumeur ; on est dans le secret mort, tué, vidé, mais dont on sait qu'il a d'abord été vivant. Sous quelle forme ? On l'a oublié. Voilà ce qu'est la rumeur : l'ensablement du secret dans l'illusion de son dévoilement.

La rumeur courait donc sur mon compte. Il fallait bien que quelqu'un se charge de me nommer les fautes dont j'étais accusé. Ce quelqu'un ne pouvait être un autre que mon père. Il m'avait convoqué chez lui. Adja Mbène était

à ses côtés, la tête baissée, égrenant gravement un chapelet.
J'étais au tribunal des miens.

– Tu sais pourquoi nous voulons te parler, commença
froidement mon père. Ces derniers jours, des choses très
désagréables sont parvenues à nos oreilles. Je ne sais pas si
elles sont vraies ou non, mais le fait qu'elles soient si persis-
tantes a de quoi inquiéter. Je ne sais pas ce qui t'arrive. Je ne
te le dirai qu'une fois : je ne tolérerai pas que tu salisses mon
honneur ni celui d'Adja Mbène…

– Sans oublier la mémoire de ta mère, intervient Adja
Mbène sans me regarder, d'une voix étranglée par de proches
sanglots.

– C'est toute la famille que ton attitude et tes mœurs
– du moins ce que tu en laisses voir – salissent. Je ne t'ai pas
éduqué pour que tu sois au cœur de rumeurs scandaleuses.
Sais-tu seulement ce qu'on dit de toi ?

Non, je l'ignorais. Mon père me l'apprit donc. On racontait qu'on m'avait vu à de nombreuses reprises dans la maison maudite, où je me recueillais régulièrement sur la tombe
de l'homosexuel déterré ; on disait que j'avais passé toute une
soirée en compagnie de Samba Awa Niang ; on rapportait
aussi que j'enseignais des poètes homosexuels à l'université,
ce qui m'avait valu d'être renvoyé de l'académie. Mon père
me rapporta les rumeurs avec ses mots, des mots chargés de
colère, gorgés de reproches, minés de honte. Je l'écoutai parler calmement, et sans doute ce calme lui paru-t-il odieux. À
ses yeux je ressemblais peut-être à ces grands criminels qui,
à leur procès, écoutent la longue liste de leurs monstrueux
actes avec une sorte de détachement, d'indifférence, voire

de plaisir sadique. Mon attitude devait lui paraître celle d'un monstre froid, lequel soit ne mesurait pas la gravité des accusations qu'on lui portait, soit en avait pleine conscience mais nul regret, peut-être même s'en amusait.

Au fond, n'avait-il pas raison, mon père, de voir dans mon attitude une indifférence inhumaine? N'écoutais-je pas en effet ses graves paroles de l'air absent d'un futur pendu, aveugle à la potence qui se dressait devant lui? Mon père parlait de moi. Il parlait des rumeurs qui me concernaient; mais ce qu'elles disaient me donnait l'impression d'engager une autre vie que la mienne. Ce que j'entendais m'était étranger, si étranger que je faillis plusieurs fois interrompre mon père pour lui dire qu'on se trompait, que ce n'était pas de moi qu'il s'agissait, que tout ceci était un malheureux quiproquo. Oh! qu'il eût aimé m'entendre démentir tout cela, me défendre, m'indigner! Qu'il eût aimé que je déclare d'une voix assurée que mon, son, notre honneur était sauf! Je voyais bien que derrière ses yeux rougis et sa voix tremblante, il y avait une déchirante et pathétique supplication: «Je t'en conjure, dis-moi qu'ils se sont trompés, qu'ils mentent, qu'ils inventent, qu'ils t'ont pris pour un autre. Je t'en supplie, Ndéné, démens! Ou mens-moi!»

Mais je ne le pouvais pas. Je ne le peux pas, papa. Même si j'avais l'impression que ce n'était pas de ma vie qu'il était question, les actes qu'on rapportait étaient les miens. Il fallait que je les assume. Factuellement, la rumeur avait raison: je m'étais plusieurs fois recueilli sur la tombe d'Amadou après ma première rencontre avec sa mère, j'avais passé une soirée

avec le *góor-jigéen* le plus réputé du pays et j'avais ensei-
gné Verlaine à l'université. La rumeur rapportait donc des
faits exacts, mais leur interprétation, leur signification, les
conséquences et conclusions qu'elle en tirait ne disaient pas
la vérité. Elle touchait à la vérité factuelle, mais manquait
totalement la dimension métaphysique. Pourtant, comment
l'expliquer à mon père et Adja Mbène sans donner raison à
la rumeur ? Comment l'expliquer sans aggraver mon cas ?
    Adja Mbène, elle, aurait peut-être pu comprendre. Elle
était plus patiente et avait plus d'empathie que mon père.
Mais comprendre quoi ? Que je n'étais pas un *góor-jigéen*,
comme je n'étais pas l'amant d'Amadou, l'élève de Samba
Awa, l'agent de la propagande gay à travers la poésie de
Verlaine ? Était-ce tout ce qu'il y avait à dire pour être innocent ? Mon humanité se jouait-elle là, dans la preuve que
je devais apporter de mon non-être homosexuel ? Du reste,
comment apporter cette preuve ? Ma parole suffirait peut-
être à mon père et à Adja Mbène ; mais elle ne pèserait rien
contre la rumeur. On ne renonce pas si aisément au plaisir
de colporter sans conséquences un ragot malveillant. Il faut
de solides contre-arguments à une mauvaise rumeur pour
qu'elle s'arrête. Je n'en avais pas. Si on vous déclare : « Il
paraît, monsieur, que vous êtes un pédé patenté », que peut-
on répondre ? Sans doute rien.
    Mon père parlait toujours. Doucement les larmes lui
venaient aux yeux. Je n'arrivais pas à savoir s'il avait peur
pour moi, pour lui ou pour ce qu'il aurait à faire si l'accu-
sation était fondée. Il parlait, il parlait ; et je soupçonnais ce
torrent verbal d'être une ruse pour repousser l'instant où il

aurait à affronter le silence qui précéderait ma réponse. Vint quand même le moment où, à bout d'arguments, il dut se taire et m'écouter. La parole était à la défense.

Adja Mbène leva tête et arrêta d'égrener son chapelet. Elle pleurait. Je lui souris, puis me retournai vers mon père. Il me faisait de la peine. Derrière sa dureté, il n'y avait plus que la peur d'un homme qui craignait que son monde s'écroule et, avec lui, tout le système de valeurs auquel il avait toujours cru et consacré sa vie.

J'étais en proie à une profonde tristesse, que personne ne pouvait partager. Je voulais être loin de mon père et d'Adja Mbène, car ce que je pouvais dire nous aurait tous blessés. Expliquer que le sort d'Amadou m'avait touché sans que je sache vraiment pourquoi les aurait choqués autant que si je m'étais déclaré homosexuel. Ils attendaient de moi une réponse simple et claire. Ils l'espéraient. Mais qu'est-ce qui est simple? Où est la clarté? Existe-t-il une seule vérité limpide? Une parole véritable ne tire-t-elle pas sa justesse de la difficulté qu'elle éprouve à éclore, face à la tentation de facilité et d'arrogance? L'essentiel ne se dit pas dans la fluidité, dans la parole aisée et nette; je crois, au contraire, qu'il s'énonce par l'hésitation, par les silences profonds et nuancés, impurs, qui séparent ou rapprochent, je ne sais vraiment, toute parole de celle qui la suit ou la précède.

Bon. Tout cela était très beau en théorie. Il fallait maintenant l'expliquer à Adja Mbène et à mon père. Impossible. De toute façon, nous ne pouvions pas nous comprendre. Nous en étions arrivés au point où la parole était réclamée alors même qu'elle était impossible: trop chargée d'émotions, d'inconnu, de douleur, elle ne pouvait que blesser. Je préférais partir. Peut-être étais-je lâche.

– J'ignore ce que tu attends de moi, papa. Je vais m'absenter quelques jours. Ce sera mieux pour tout le monde.

Puis je me levai, fis quelques pas vers la sortie.

– Si c'est tout ce que tu as à dire, je ne veux plus te voir. Si tu sors maintenant, ne reviens plus jamais.

Je m'immobilisai. J'avais prononcé trois malheureuses phrases. Elles avaient été suffisantes pour rompre nos liens – fragiles, il est vrai, comme tout ce qui est important. Par courage ou lâcheté, je ne me retournai pas pour voir mon père pleurer, comme sa voix l'avait laissé entendre. Je ne lui en voulais pas. Il était déchiré. Sa peine devait être plus grande que la mienne. Jusque-là, je pensais que cet homme craignait de perdre son monde. Je me trompais : plus que le monde, c'était l'une de ses raisons de vivre, moi, son fils, qu'il avait peur de voir disparaître après avoir vu partir ma mère. Il verrait dans mon départ une trahison : non la mienne à son égard, mais la sienne à l'égard de ma mère. Par mon attitude, je violais le serment tacite qu'il avait formulé à sa mort : faire de moi un homme de bien. Si je partais, que dirait-il à ma mère ce soir, lorsqu'elle le visiterait en rêve? Il n'aurait que trois mots : «j'ai échoué», et le regard que lui lancerait le fantôme de ma mère lui serait insupportable. Il lui était déjà insupportable. C'est pour cela qu'il pleurait. J'étais un fils indigne, un ingrat qui ne méritait pas l'amour qu'on lui donnait. Je faillis revenir sur mes pas et retrouver la raison, me précipiter vers mon père, me jeter à ses pieds et pleurer jusqu'à sombrer dans un sommeil dont je me réveillerais absous, l'âme neuve. Mais je savais, alors même que cette envie montait en moi, que rien de tout cela n'arriverait. J'étais allé trop loin dans l'ombre et la solitude. Il était plus facile pour moi de m'y enfoncer que de rebrousser chemin. Plus vital aussi, car j'avais fini par croire, par me convaincre qu'au bout de cette solitude et de cette culpabilité m'attendait un salut, peut-être une vérité que rien ni personne d'autre n'aurait pu, sinon m'offrir, au moins me montrer. Quant à avoir une âme neuve, à quoi bon, puisque je la salirais aussi, et sans doute plus vite que la précédente? «Si tu sors maintenant, ne reviens plus.» Même dans sa colère, son désespoir et sa honte, l'amour de mon père me ménageait une voie de secours. «Si tu sors maintenant...» Quelques mètres seulement me séparaient de la porte. Et de mon père? Quelle distance me séparait de lui et d'Adja Mbène? Si réduite et pourtant si infran- chissable déjà... «Si tu sors...» Je fis un pas, qui s'imposa immédiatement comme le premier d'une longue marche. Deux, trois, quatre, cinq autres. J'étais presque dehors. Au sixième, j'étais parti, et je savais qu'il me serait impossible de revenir.

Je me tins un temps au seuil de cette maison où j'avais passé mon enfance et dans laquelle je n'avais désormais plus de place, même pas pour des souvenirs. Je haletais: six pas m'avaient coupé le souffle. J'avais l'impression d'avoir couru des kilomètres ou d'avoir tué. Le sang m'était vio- lemment monté à la tête, comme si j'avais été pendu par les pieds. C'était donc ça... Le vertige de la solitude... Le pur et mortel vertige de la liberté... La sentence était tombée:

coupable. Je m'y étais attendu, et de ce point de vue je n'étais pas réellement surpris. Mais un fait nouveau donnait à ce verdict un goût amer, qui achevait de me désespérer : je m'étais rendu compte, en écoutant mon père, que je n'étais pas seulement coupable : j'étais, en plus, indéfendable. Ma respiration revenait lentement à son rythme normal. Je repartis. Une voix m'appela. C'était Adja Mbène. Elle arriva à ma hauteur, le voile de travers.

– Ndéné... Si tu as encore la moindre considération, le moindre amour pour moi... Ne pars pas. Je t'en prie. Je peux t'aider... Je suis allée voir un marabout. Je sais ce que tu en penses... Mais celui-là n'est pas un charlatan, il travaille uniquement à partir du Coran. Ce sont des prières. C'est lui qui a guéri le fils de mon amie, dont je t'avais parlé. Il est reconnu, surtout pour ces affaires-là. Il fait partie de la descendance lointaine du Prophète. Il nous aidera, j'en suis sûr... Je t'en prie. Ton père est si malheureux depuis cette rumeur. Il le sera encore plus si tu pars. Si ce n'est pas pour ton père ou moi, fais-le pour ta mère, au moins. Viens... viens demander pardon à ton père...

– Pour quoi ? Pour quelle faute dois-je lui demander pardon ?

Adja Mbène ne dit rien, soit parce qu'elle n'avait pas de réponse à ma question, soit parce que la rudesse de ma voix l'avait surprise.

– Tu vois ? Tu ne sais pas. Personne ne sait quelle faute j'ai commise. Moi-même je ne sais pas. Ou bien on la connaît tous et on a peur de la nommer. Si tel est le cas, ce n'est même pas la peine que je présente des excuses. C'est déjà fini. Les seules fautes impardonnables, ce sont celles-là. Celles qu'on ne sait même pas nommer.

– Ce n'est pas la faute qui compte… C'est la demande de pardon, quelle qu'elle soit. C'est de revenir parmi nous. Dans ta société. Dans ta famille. On peut tout pardonner. Mais il faut que tu en aies la volonté…

– Peut-être que je ne l'ai pas, que je ne l'ai plus, Adja Mbène. Je ne veux plus du pardon. En certaines occasions, je le sais, il ne suffit pas. Ce n'est pas parce que je serai pardonné que je saurai ce que vaut ma vie et si je suis à sa hauteur.

J'avais murmuré ces derniers mots, fatigué. Mais ils portaient en eux quelque chose d'irrévocable. Adja Mbène dut le sentir. Ses dernières phrases furent résignées, dites sur le ton calme de l'impuissance.

– Alors je ne peux que prier pour toi, Ndéné. C'est tout ce que je peux t'offrir, après mon amour et mon pardon. Que Dieu t'accompagne. Que ta mère te protège.

Je la serrai dans mes bras, très vite pour ne pas être tenté de rester dans son étreinte chaude et maternelle, puis je m'éloignai, séchant sur ma joue, du dos de la main, une trace humide, dont je ne savais si elle venait des larmes d'Adja Mbène ou des miennes, que je n'aurais pas senties couler.

*

J'arrivai chez moi à une heure avancée de la nuit, après une longue errance. Sur la porte de mon appartement, je trouvai une inscription laconique : *puus puup*, «poussemerde», un des nombreux sobriquets imagés par lesquels les *góor-jigéen* étaient désignés en wolof. Je m'approchai du message ; l'odeur suffocante me confirma qu'il avait été écrit avec des excréments humains. Quelqu'un s'était donné la peine de chier, d'emballer sa défécation, de la transporter jusqu'ici avant de l'utiliser comme encre pour m'insulter, m'intimider, me menacer. Pousse-merde. Force était de reconnaître que l'auteur avait un certain sens de l'humour. En poussant la porte pour rentrer chez moi, effectivement je poussais de la merde, sa merde odorante et à peine séchée. Je nettoyai puis allai à la fenêtre, où le monde m'offrit son théâtre inchangé : les mêmes rires montant au ciel comme les fumées d'un bonheur terrestre incendié, le même peuple pauvre feignant une misère radieuse, la même aiguille de vie détraquée et bloquée sur zéro, la même immense solitude rongeant chacun…

Il fallait que je parte, que je quitte la capitale quelques jours. On m'y disait probablement homosexuel, mon poste d'enseignant y avait été suspendu, j'y étouffais. J'avais toutes les raisons de m'éloigner un temps. J'écrivis à Rama pour lui annoncer ma décision. Elle me dit qu'elle désirait m'accompagner. C'est au fond de moi ce que j'espérais, elle l'avait sans doute senti. Je souhaitais retrouver une certaine solitude, mais avec elle. Je pris sur mes économies pour louer une petite maison située dans un village de pêcheurs, à une centaine de kilomètres au sud de Dakar, sur la côte atlantique. Quatre jours plus tard, Rama et moi partions.

17

check out
his first 2 books too

J'avais su dès notre arrivée que nous passerions quelques jours heureux dans ce village. Je ne l'idéalisais pourtant pas. Quoiqu'il fût tranquille, charmant, portant avec lui la modestie solaire des petits villages bercés par l'océan, je savais que ce ne serait pas là que je trouverais le repos que je cherchais. Les lieux sont des scènes de théâtre, des scènes de théâtre vivantes, avec leurs décors et leurs lumières, mais nous seuls jouons, nous seuls pouvons jouer; il n'y a ni doublures ni souffleurs. Je n'attendais pas de ce village qu'il m'apaise; je voulais juste qu'il me convainque qu'un apaisement était possible.

Rama et moi y étions arrivés en début d'après-midi, dans une chaleur lourde. Le village était désert. La plupart des hommes étaient en mer, à la pêche; quant aux femmes, elles étaient chez elles, prenant un peu de repos avant le retour des hommes, en fin de journée. Alors elles auraient à s'occuper du poisson, le traiter, l'acheminer dans la nuit vers un grand marché et l'y vendre.

Le village était désert, mais peuplé de souffles. Le comité d'accueil fut assuré par la mer, verte et légèrement agitée, la plage, blanche et sensuelle, mince bande de sable dont on suivait le trait sinueux jusqu'à ce qu'il se perde au ciel, ainsi qu'une nuée d'enfants, entre six et douze ans, garçons et filles mêlés, la plupart torse nu. Ils barbotaient dans un petit bras de mer qui formait comme un lagon à quelques mètres de la plage, assez profond pour qu'ils y nagent.

Depuis notre arrivée, ils tentaient de pousser une petite pirogue, à leur taille, dans l'étang. La manœuvre était délicate : bien que d'envergure réduite, la pirogue était lourde pour les enfants qu'ils étaient encore. Nous les regardâmes réfléchir et débattre pour trouver le meilleur moyen de faire glisser l'embarcation sur l'eau. Je demandai à Rama si elle souhaitait se baigner. Elle me répondit qu'elle le ferait plus tard. D'abord elle voulait savoir comment les enfants allaient se débrouiller avec la pirogue. On s'est assis non loin d'eux, sur des rochers chauds qui nous brûlèrent un peu les fesses. Les enfants nous avaient remarqués, certains nous avaient même salués. Mais leur tâche les absorbait tant qu'ils nous oublièrent vite. Je sortis un Polaroïd que j'avais acheté en France mais que j'avais eu peu l'occasion d'utiliser depuis mon retour au Sénégal. La photographie avait été l'une de mes grandes passions lors de mes années étudiantes, mais après mon retour et par manque de temps j'avais peu à peu abandonné. Je m'étais dit que le séjour dans ce village serait l'occasion de m'y remettre… Je pris quelques clichés de la plage, de la mer, de Rama, du ciel, des enfants en plein effort, des moutons et des chiens errants qui passaient par là.

Les enfants s'étaient mis d'accord sur un point : ils n'arriveraient à rien s'ils ne faisaient pas comme leurs pères quand ils mettaient leurs pirogues à l'eau pour la pêche. Ils coururent donc chercher plus loin sur la plage trois ou quatre gros rondins de bois sur lesquels ils comptaient faire rouler la pirogue. Les premiers essais furent infructueux. Ils avaient le matériel, pas la méthode. Ils s'obstinèrent, sans jamais s'énerver ni perdre leur bonne humeur. Voilà la grande différence entre les enfants et les adultes : contrairement à ce qu'on croit, les premiers savent mieux échouer. Rama suivait les manœuvres des enfants avec concentration. Je la sentais tendue. Chaque nouvelle tentative soulevait en elle de l'espoir, chaque raté lui arrachait un soupir de déception vite suivi d'un « encore une fois, on réessaie ! »

Dans une énième tentative, les enfants retentèrent leur chance. Cette fois-ci ils placèrent parfaitement les rondins. La pirogue glissa sur eux. Il fallait pousser, ni trop vite ni trop fort et, surtout, ensemble. Un silence chargé d'espérance flotta quelques secondes au-dessus de la plage. Rama se mit debout et murmura : « Allez ! » Les enfants s'unirent et, dans une parfaite cohésion, impulsèrent la dernière poussée. La pirogue entra doucement dans l'eau. Une extraordinaire clameur de joie et de délivrance succéda à la tension contenue de l'espoir. Une grande victoire, sur cette plage déserte. Pieds nus, en robe longue, sa grande chevelure noire flottant derrière elle comme un pavillon de pirates, Rama courut rejoindre les enfants. Elle entra tout habillée dans l'eau qui lui arrivait presque aux seins. Les enfants l'accueillirent comme l'une des leurs et lui firent une place dans la petite embarcation. Elle se tourna vers moi avec un sourire radieux et me dit quelque chose que je n'entendis pas à cause du bruit du vent et des vagues. Les enfants aussi me souriaient. Je pris une photo du groupe. L'apaisement était bien possible ici. Dakar et sa rumeur étaient loin.

18

Les cinq premiers jours passèrent à la vitesse d'un bonheur de pauvres. Il nous en restait cinq autres mais nous ne voulions pas penser à la fin du séjour. Nous consacrions nos journées à l'amour et à la mer, aux marches et à la lecture, à la cuisine et à la photographie.

Ce que Rama préférait, c'était aller voir les pêcheurs très tôt, avant leur départ. Le moment était surréel : le silence de la plage aux aurores, rompu seulement par les vagues qui battaient le sable, les voix rugueuses des pêcheurs qui s'élevaient dans l'obscurité pendant les préparatifs, les silhouettes des pirogues s'éloignant sur l'océan, occupant toute la ligne de l'horizon, semblables à une flotte de guerre : ces images méritaient d'être peintes.

Le soir, à leur retour, je prenais des photos. L'effervescence et l'excitation qui accompagnaient l'accostage des pirogues donnaient à voir le village et ses habitants sous un autre jour. Une nouvelle vie se découvrait à ce moment-là ; une vie courte, d'une heure à peine, mais quelle heure! Quelle densité dans ces scènes de vie quotidienne! Les marins déchargeaient les cargaisons. Les femmes traitaient déjà les poissons. J'essayais de capturer les corps tendus des hommes, allégories du travail et de la rudesse du réel, les mains des femmes manipulant les poissons, les grandes pirogues se balançant, impassibles comme des divinités. J'essayais de ne pas trop réfléchir aux prises de vue, au cadrage, aux poses. J'essayais de garder leur fluidité et leur spontanéité aux clichés, la seule possibilité étant de suivre mon instinct.

J'obtenais de gros ratés la plupart du temps. Mais aussi de belles photos. Rama les triait. Elle avait un œil pour ça. Certains clichés la touchaient beaucoup. J'en étais heureux. Tandis qu'elle examinait mes photos du cinquième jour, elle me dit que l'homme apparaissait encore sur l'une d'entre elles.

– L'homme? Quel homme?

– Celui qui fixe toujours l'objectif. Il s'arrange systématiquement pour être sur une belle photo depuis le début. Souvent au second plan, ou dans un coin.

Je n'avais aucune idée de qui elle parlait. Elle le comprit à mon visage perplexe.

– Ne me dis pas que tu ne l'as jamais remarqué?

– Non, je n'ai jamais fait attention.

– Je croyais que c'était un jeu entre vous.

Elle fouilla dans les photos des jours précédents et en tira quatre auxquelles elle joignit celle du jour, puis me les tendit. Je vis alors cet homme, le seul en effet à regarder fixement l'objectif. Les autres, soit par pose, soit parce qu'ils ne prêtaient réellement pas attention à moi, étaient absorbés dans leur travail et m'ignoraient. Mais lui, cet homme, me regardait en face. Sur les cinq clichés où il apparaissait, il posait fixement les yeux sur moi, de grands yeux où je lisais un mélange d'assurance et de mépris. Il ressemblait à un lutteur qui me défiait avec morgue. Étrangement il avait la même expression sur toutes les photos, la même attitude : buste droit, front haut, menton relevé et fier. Je n'avais jamais fait attention à lui alors qu'il cherchait clairement mon regard. Assez jeune, semblait-il, il était très noir de peau, sa chevelure peu soignée et abondante lui donnait l'air d'un vagabond. Il n'était pas particulièrement beau, mais l'arrogance juvénile de son regard m'énervait, m'amusait, me plaisait. On m'avait rarement regardé avec cette intensité. S'il n'y avait pas eu l'objectif entre nous, pensais-je, ses yeux m'auraient certainement brûlé.

— Eh bien, je vois qu'il te fascine. Tu es penché sur lui depuis une demi-heure sans rien dire. Tu es sûr de ne pas savoir qui c'est ?

— Aucune idée, non, dis-je en m'arrachant avec soulagement et regret au regard de l'homme.

Le lendemain, au retour des pêcheurs, je ne cherchai évidemment que lui. Derrière l'objectif, j'attendais son regard, je voulais capturer l'effronterie de ses yeux, l'enfermer, lui répondre. Mais il n'y avait aucune trace de lui. Je ne le vis nulle part. Je fis le tour de toute la plage, de toutes les pirogues, de tous les pêcheurs. En vain. J'avais emporté avec moi une photo où il apparaissait. Je demandai à l'un des pêcheurs s'il le connaissait.

– Bien sûr que je le connais. On se connaît tous ici. C'est Yatma, Yatma Ndoye, le fils de Bamar Ndoye. Leur pirogue ne reviendra pas ce soir. Ils passent deux jours en mer. Ils seront là demain, avec beaucoup de poisson sans doute. C'est la meilleure pirogue du village.

Je rentrai déçu. Je n'avais eu qu'un nom et ça ne me suffisait pas. Je voulais ses yeux. Rama faisait la cuisine lorsque je rentrai.

– Tu as de belles photos, ce soir ?

– Non, pas vraiment.

– Tu dis toujours ça, mais il y en a chaque jour deux ou trois très réussies. Laisse-moi regarder.

– Je n'en ai pas pris du tout, dis-je après un silence gêné. Je n'ai rien pris aujourd'hui.

– Tu parles comme un pêcheur bredouille.

Je ne répondis pas.

– C'est parce qu'il n'était pas là, n'est-ce pas ?

– Quoi ?

– L'homme des photos. Celui qui regarde l'objectif. Celui dont tu n'as pas quitté le visage hier. J'ai bien vu. Je me suis réveillée dans la nuit et je t'ai vu regarder ses photos. Il était tard. Tu as peut-être passé la nuit devant ces images ?

Je m'éloignai sans un mot. Elle m'arrêta.

– Tu sais, je ne te juge pas, Ndéné. Je ne te jugerai jamais.

Je me réfugiai dans la chambre en claquant la porte du salon. Au lieu de m'apaiser et de me réconforter, les derniers mots de Rama m'avaient énervé sans que je sache vraiment pourquoi. Être jugé ou ne pas l'être : qu'est-ce qui était pire ? Dans les deux cas, on était soumis au regard de l'autre, même si ce regard ne le voulait pas. En ne me jugeant pas, Rama me donnait le droit d'être entièrement libre. Je ne l'étais donc pas totalement. Si j'avais besoin qu'on ne me juge pas pour être moi-même, je dépendais encore de l'autre, de son jugement comme de son non-jugement. Les yeux clos, la tête bouillante, je haïssais Rama. Je détestais son non-jugement qui en était encore un. Méfiez-vous des personnes qui prétendent ne pas vous juger : elles l'ont déjà fait, peut-être plus durement que les autres, même quand elles sont sincères, surtout quand elles sont sincères. Sans le vouloir, peut-être sans le savoir, elles vous ont pensé et décortiqué jusqu'à l'os. J'aurais peut-être préféré que Rama me juge, qu'elle me dise clairement ce qu'elle pensait de moi, de ce qu'elle sentait s'agiter en moi et dont je ne voulais rien savoir. Mais elle ne me jugeait pas. Elle me laissait donc seul avec le regard de Yatma. Je n'avais pas revu l'homme sur la plage. Au fond, toute cette colère, tout cet énervement venaient de là : je n'avais pas revu ses yeux.

Le reste de notre soirée fut morose et silencieux. Rama ne disait rien et ma colère ne s'apaisait pas. Elle était, je ne le savais que trop bien, dirigée contre moi-même. Ce n'était pas à Rama que j'en voulais, même si ma lâcheté la désignait comme cause de mon humeur. Elle ne m'avait rien fait, c'était bien le problème. La sensation confuse que je ressentais devant les yeux de Yatma ne la concernait pas. La source de ma colère se trouvait dans mon propre sang, dans la honte qui succédait, sans la tuer, à l'attraction trouble que le regard magnétique de Yatma exerçait sur moi. Cette attraction était une faute qui me faisait honte. Mais aussitôt, du cœur même de la honte, s'élevait, comme un chant d'opprobre, un vif et obscur plaisir, un plaisir adolescent à commettre une faute, à transgresser un interdit. Le plaisir de la honte à éprouver du plaisir. Je m'égarais et finissais par en garder une profonde amertume. Étais-je si faible, si impressionnable que, pour la seconde fois en quelques semaines, un jeune homme que je ne connaissais pas m'occupe l'esprit à ce point?

Rama alla se coucher, décidée à me laisser jusqu'au bout dans mon combat avec moi-même. J'étais seul dans le salon, à quelques mètres de la table sur laquelle étaient disposées les photos. Je n'avais qu'à faire quelques pas pour retrouver ce regard… Quelques pas, quelques insignifiants pas… Je mis toutes les forces de ma volonté à rester assis sur le fauteuil. La table m'apparaissait comme une tentation maléfique. Je ne devais pas m'en approcher. Je devais rester loin d'elle, loin de cette putain de table et de son regard. Je me mis à réciter des versets du Coran, à faire des *duas,* des invocations, pour que la table me laisse en paix. J'espérais que Dieu enverrait la foudre, que la table prendrait feu là, sous mes yeux… Mais rien. Je fixais cette table, formidablement menaçante et proche. Je continuais à réciter les versets du Coran, cramponné aux accoudoirs de mon fauteuil comme si ma vie en dépendait. C'était ridicule. Si je n'avais pas été si effrayé, j'aurais ri comme un fou du spectacle pathétique que j'offrais.

De quoi as-tu peur, Ndéné? D'être devenu un petit pédé? T'as peur de ce que ce regard te fait? Toi, grand et fier hétéro historique, toi qui n'aimes et n'as jamais aimé que les femmes, les seins aux grandes aréoles granulées, les fesses des femmes, leur nuque fine et sensuelle, les odeurs de leur sexe, leurs manières d'être au monde et de le voir, toi pour qui la galaxie féminine a toujours été d'autant plus désirable que tu savais ne jamais pouvoir l'atteindre ni la comprendre, tu serais devenu *góor-jigéen*? Comment! Toi, musulman de culture, fils d'un homme pieux qui a failli être imam, toi qui, enfant, as suivi l'école coranique, toi qu'on a élevé, éduqué, instruit dans la vertu de ce pays, tu serais devenu une tarlouze? T'as peur de t'imaginer à quatre pattes, rudement enculé par un colosse à la queue nerveuse et rainurée? Tu crains de te sentir attiré par un corps mâle nu? T'as peur de la solitude, de la souffrance, du silence où te plongerait le fait d'être l'un d'eux? Tu as peur de la foule qui viendrait t'arracher les yeux? Toi, l'homme des foules, disais-tu! Tu y es quelqu'un et quelconque, non? Ah, lâche, tu crains la foule qui veut ta mort! T'as peur de mourir? Qu'est-ce qui t'arrive? Elle aurait donc raison, la rumeur? Que ferais-tu alors? Que feras-tu? Que vas-tu faire? Te tuer? Es-tu prêt à te supporter en homosexuel glorieux? Réponds, imbécile!

La nuit avançait et je sentais que je perdais la lutte. La table m'attirait, et son tas de photos que je n'avais qu'à regarder pour être, d'une manière ou d'une autre, délivré. Je commençais à m'embrouiller dans la litanie des versets coraniques. Dieu m'abandonnait. Ou l'inverse. Je finis par me diriger vers la table. Yatma apparaissait sur cinq photos. Je les pris en détournant la tête, de peur de croiser ses yeux, les fourrai dans ma poche, puis sortis et me dirigeais vers la plage.

Je sentais les photos dans ma poche, tout près de mon sexe... Le regard... Je pressai le pas. Le regard... Une érection naissante. Je me mis à trottiner, puis à courir en sanglotant comme un enfant. J'étouffais. L'érection grossissait. Le regard… L'air était froid. Mes larmes coulaient. Je haletais. Toujours sur moi, sur ma nuque, sur mon visage, partout, le regard sombre et arrogant, le regard de feu – un feu noir – de Yatma Ndoye. Rumeur, rumeur des vagues. Encore une dune de sable à franchir. Mon sexe était gonflé. La mer, enfin. Je m'arrêtai quelques secondes, le souffle court. J'attendis que ma respiration se calme doucement avant de sortir les photos de ma poche d'une main tremblante. J'évitais toujours de les regarder. Qu'attendais-je? Un élan de courage. Un signal. Une vague qui s'écrasa avec fracas sur la jetée me l'apporta: je déchirai rageusement les photos, et lançai les morceaux en l'air. Le regard était réduit en mille petits bouts qui voletaient sur la plage, éparpillés par le vent glacial. Certains tombèrent à l'eau, d'autres roulèrent sur la plage comme des petits crabes fuyant dans la nuit.

Je crus, pendant quelques secondes, ressentir un certain soulagement. C'était, au contraire, le sentiment naissant de mon angoisse redoublée. Le regard… Il vivait toujours. Évidemment qu'il vivait encore. Comment avais-je pu croire un seul instant que je l'aurais aveuglé en crevant les yeux d'où il émanait? Je m'étais encore menti. Il vivait en moi. Je me retrouvais en train de poursuivre les bouts de photos dispersés sur la plage. Dans quel fol espoir? Pour revoir une dernière fois, là où je les avais connus, ces yeux devant lesquels je n'étais plus que nudité et faiblesse? Je réussis à rattraper quelques fragments. Aucun d'eux ne montrait le regard que je cherchais. Les autres morceaux avaient depuis longtemps été dispersés comme des cendres sur la grève ou dans l'eau. Je n'avais plus aucune chance de les retrouver. Je m'effondrai sur la plage, épuisé et malheureux. Mon sexe me faisait mal à force d'être resté si tendu tout ce temps. Je le dégageai alors et, dans un mélange de larmes, de honte, de plaisir, je me masturbai jusqu'à la délivrance, laquelle vint, lointaine et puissante, avec un long râle, me laissant comme mort sur le rivage désert. C'était fini.

Je ne me relevai que longtemps après pour rejoindre la maison, pantelant. J'arrivai, pris une douche et me blottis contre Rama, le visage enfoui dans sa chevelure.

19

Le lendemain, au petit déjeuner, j'annonçai que je désirais rentrer.

– Tu es sûr de toi?

– Pourquoi tu me poses la question?

– Parce que tu n'as peut-être pas encore trouvé ce que tu étais venu chercher.

– Que sais-tu de ce que je suis venu chercher? (Elle allait répondre, je l'interrompis.) Et d'abord, qui t'a dit que je cherchais quelque chose? Le monde entier me demande depuis quelques jours ce que je cherche. Pourquoi faudrait-il, dis-moi, qu'il y ait nécessairement quelque chose à chercher? Vous pensez tous que la vie réside dans l'obligation de trouver un secret, une révélation qui donne un sens à notre existence... Mais il se peut qu'il n'y ait rien du tout au bout du tunnel, que ce que nous croyions être une lumière de salut ne soit que le pâle éclat du vestibule froid de l'autre entrée. Imagine! Comme ce serait cruel! Et drôle!

Nous sommes peut-être tous dans un tube, une sorte de gros intestin, les uns allant dans un sens, les autres dans la direction opposée, tous croyant trouver la lumière là où les autres n'ont laissé qu'un purgatoire gris. Et personne ne se parlerait. Personne ne dirait à son semblable: «Par là, camarade, il n'y a rien, j'en viens!» Ce serait tragiquement comique! (Je ricanai méchamment.) Comique et inutile. Vous y avez pensé, à ça? Que ferais-tu, que feriez-vous tous s'il n'y avait finalement rien à chercher, si tout cela n'était qu'une gigantesque suite de hasards sans message caché? Que ferais-tu si l'intestin était réel?

– La question est plutôt: que ferais-tu, toi? Comment réagirais-tu si on t'annonçait que ta présence ici est inutile? Si on te disait que non seulement ce que tu recherches n'est pas là, mais que l'idée même de chercher est absurde?

Rama parlait avec un calme qui m'agaçait. Je haussai le ton:

– Mais je ne cherche rien! Que veux-tu que je cherche?

J'avais posé cette question avec un mélange d'irritation et d'immense espoir, et sans doute Rama sentit-elle que je lui demandais moins de m'exposer ses hypothèses que je ne la suppliais de me venir en aide, de me montrer le bon chemin.

– Je ne veux rien du tout, Ndéné. Peut-être que tu ne cherches rien, en effet. Peut-être même que tu es en train de faire tout le contraire: fuir.

Un bref instant, plana sur la pièce un silence épais, dangereux comme un marécage, où je craignais de m'enfoncer à jamais, bien que cette perspective me séduisît aussi.

– Ne me demande pas quoi ou qui tu fuis. Toi seul le sais.
Toi seul peux savoir. Mais je vais te dire une chose… (Elle
s'interrompit, et pour la première fois depuis le début de la
discussion je sentis qu'elle cherchait ses mots, que son calme
vacillait.) Je sais reconnaître un homme qui a peur d'aller au
bout de lui-même et d'affronter ses démons. J'en vois chaque
soir. Ils viennent portant le poids du monde sur la tête, écra-
sés de remords, de peur, de culpabilité, de désir de réparer
leur faute. Et ils me racontent leur vie, avec l'espoir que je les
aide miraculeusement à sauver ce qu'il en reste. Mais ça je ne
le peux pas. Je les écoute seulement. Ils finissent par pleurer
comme des enfants, et dans ces moments-là je les regarde
avec une tendresse maternelle mêlée à une profonde colère.
Je les aime et ils me dégoûtent. Ils pleurent longtemps, parfois des heures. Tout leur soûl. Tout leur blues. Après ça, ils
ne se sentent pas mieux – il ne faut pas rêver – mais ils savent
que, tant qu'ils continueront à mentir, ils continueront à
mourir lentement. Je sais reconnaître ces hommes. Et toi,
Ndéné, tu es exactement comme ceux-là.

– Ah, tu me juges, maintenant ?

– Que je te juge ou pas, finalement, ça n'a aucune importance. Ce qui compte, c'est ce que tu penses de toi-même.

Mon regard se tourna vers la fenêtre, buta sur les dunes
que, cette nuit encore, j'avais dû franchir pour atteindre la
plage. Je sentais les yeux de Rama sur moi, patients mais
durs. Je revins à elle, déjà épuisé, presque implorant.

– Oui, je suis peut-être comme l'un d'eux, comme tu dis.
Mais je ne peux pas affronter tous mes démons. Personne
ne le peut. J'en ai affronté quelques-uns. Ce n'est déjà pas si

mal. Mais il doit en rester qui nous fassent peur, sinon, c'en est fini de nous.

– Je n'ai pas dit qu'on devait gagner contre tous les démons. J'ai simplement dit qu'il fallait les affronter, au moins. Les affronter tous.

– Tu es trop courageuse, dis-je d'un ton que j'avais voulu sarcastique, mais qui ne fut que ridicule.

– Non, pas courageuse. Je sais que je peux perdre mais je ne redoute pas d'être une perdante.

– C'est bien ce que je dis. Le courage incarné, le magnifique courage.

– Le courage est un grand mot. C'est un mot pour les héros. Ils sont rares et je n'en suis pas. Je te parle de quelque chose d'autre, de plus simple et de plus difficile à la fois que le courage : la lucidité.

– Je ne vois pas trop la différence. Mais admettons. Que voudrait dire être lucide, pour moi ?

Elle me regarda longuement, avec une expression que je ne lui connaissais pas, une expression nouvelle, qui faisait d'elle une autre personne, une étrangère.

– Ça ne concerne pas que toi, Ndéné, dit-elle. Pour chacun d'entre nous, être lucide signifie pouvoir se regarder en face, quel que soit son visage. Même laid, même balafré, même couvert de plaies et de pus, même gangrené, il faut regarder. C'est simple.

– Non, ça ne l'est pas. Et puis, de quoi parle-t-on depuis tout à l'heure ? Tout ça est très abstrait, non ?

– Peut-être, mais c'est ça ta vie, et c'est d'elle que nous parlons. Tu le sais. Si tu as l'impression que notre discussion est

Ch I. "... if you see the world as blind, you see yourself as separate from that ..."

abstraite, c'est que ta vie l'est aussi. Et tu n'as rien fait pour la changer.

– Je ne suis pas sûr de comprendre.

Son visage redevint alors celui que je connaissais. Elle soupira et m'adressa un sourire fatigué.

– J'explique mal, je ne suis pas prof, tu vois… Je ne trouve pas les mots. Et puis merde! Qui suis-je pour dire «il faut»? Il faut rien du tout. Je me suis laissée emporter. Oublie. Que chacun fasse comme il peut. C'est mieux, non? (Elle sourit encore, tristement cette fois.) Je voudrais tant t'aider… Tellement. Mais personne ne peut t'aider.

Pour la première fois depuis que je la connaissais, Rama pleurait devant moi. Je m'approchai d'elle et la serrai dans mes bras. Nous restâmes longuement enlacés.

Non, tu n'expliques pas mal. Ces choses ne s'expliquent pas. Bien sûr, Rama, bien sûr que je t'ai comprise. Tu voulais simplement me dire qu'aucun refuge dans un paradis n'est éternel, non parce que le paradis est incompatible avec l'éternité, mais parce que chacun, sur terre, porte éternellement un bout d'enfer en lui. Tu voulais me dire que l'enfer peut être une minuscule pirogue dans une gigantesque tempête de paradis, et ne jamais sombrer. Que les deux, l'enfer et le paradis, sont compatibles, et que c'est ça, finalement, qui nous maintient en vie. L'enfer absolu est invivable; le paradis absolu aussi. Bien sûr, tu ne l'aurais pas dit avec ces mots-là. Tu aurais eu des phrases plus simples, plus directes, plus dures, plus touchantes, plus vraies, moins abstraites. Mais je ne voulais pas encore les entendre. Je n'étais pas prêt.

J'appelai le propriétaire pour l'informer que nous désirions rentrer dans la journée. Nous avons nettoyé la maison, rangé nos affaires et fait une dernière promenade sur la plage, jusqu'au bord du petit étang. Il n'y avait pas d'enfants ce jour-là, et la petite pirogue avait disparu. Le village semblait toujours aussi désert. Vers 17 heures, peu avant le retour des pêcheurs, nous étions prêts à partir. Yatma allait certainement arriver. Il ne saurait jamais rien.

Rama reçut un message au moment où nous prenions place dans la voiture.

– C'est Angela. Elle m'a envoyé des photos.

– Qu'est-ce que c'est ?

– Les visages tuméfiés de deux hommes qu'une foule a lynchés hier. On les aurait surpris ensemble alors qu'ils s'embrassaient. Ça s'est passé à l'université. On les a tabassés sur place, comme toujours. Ils sont à l'hôpital principal, dans un état critique. Angela me dit que l'un d'eux est un professeur réputé du département de lettres. Elle me demande si tu le connais. Tu veux voir ?

– Non.

Je démarrai.

20

Le *jotalikat* est mort dans la nuit des suites de ses blessures. M. Coly, lui, a la mâchoire brisée. Il a aussi perdu un œil et souffre de graves traumatismes crâniens avec perte partielle de la mémoire. Je l'ai trouvé conscient, mal en point mais conscient. Il ne se rappelle pas qui je suis et éprouve le plus grand mal à parler. Chaque fois qu'il essaie d'ouvrir la bouche, une abondante bave coule et les mots qu'il tente de sortir se perdent dans ce magma de salive profuse et de phrases inarticulées. Je sens pourtant qu'il veut dire quelque chose de si essentiel qu'il est prêt à le confier à un inconnu – car je suis un inconnu pour lui. Avec son œil encore valide, il tente de communiquer. C'est tout ce qu'il lui reste : un regard de Cyclope pour parler. Mais je ne comprends rien à ce langage de l'œil. Je sais seulement qu'il a mal, et qu'il a peur, peut-être. Je lui dis que je ne comprends pas ce qu'il cherche à me dire. Ça l'achève presque. Il ferme les yeux, de désespoir et de douleur. Il se sait enfermé dans la plus grande souffrance qui soit, dont il ne peut pas parler. Une larme coule de son œil gauche – celui qui fonctionne encore ; de l'autre finit par descendre, après avoir imbibé le bandage qui le recouvre, une substance jaunâtre qui tire vers un rouge sale. Je finis par sortir de la chambre.

Le docteur m'attend dans le couloir. « Nous allons le garder un peu ici. Dix jours, pas plus. On manque de place, vous comprenez... Revenez aussi souvent que possible. Voir des figures connues l'aidera à se rappeler plus facilement. Parlez-lui de sa vie, de souvenirs. Évitez cependant d'évoquer tout de suite les raisons pour lesquelles il est là... Pas de mention de l'autre non plus... Son ami... je veux dire... » Le médecin s'interrompt, hésite, me regarde et furtivement, sur son visage, j'entrevois l'éclat de la terrible lutte qui se déroule en lui, lutte dans laquelle sa conscience professionnelle repousse comme elle peut ses jugements moraux. Il change de sujet et m'apprend que je suis la première personne à être venue voir M. Coly depuis qu'on l'a amené ici, la veille. L'hôpital a tenté d'appeler sa femme, elle a refusé de venir lui rendre visite. Le docteur me dit que le cas est fréquent. Tous les homosexuels publiquement reconnus perdent le soutien de nombreux proches et amis. Leurs femmes, s'ils en ont, entrent souvent dans une période de dépression. L'idée d'avoir été trompées, d'avoir servi de cache-péché, de n'avoir été qu'un ventre de garantie, un masque de moralité, une vitrine de virilité, leur est intolérable. Elles sont blessées, en somme, de n'avoir peut-être jamais été vraiment aimées.

Personne, hormis Angela et ses collègues de Human Rights Watch, n'est venu voir M. Coly. Pareil pour le *jotalikat*.

186

Personne n'est encore venu réclamer son corps. Le médecin n'a pourtant pas l'air très inquiet. «Quelqu'un finira par
venir en pleine nuit, à l'abri des regards, pour l'emporter.
On a l'habitude.» Il rajuste ses lunettes, me serre profession-
nellement la main et s'éloigne comme seuls les médecins
savent s'éloigner.

J'entends la rumeur de la ville au-dehors. Je l'écoute
quelques minutes, immobile et seul dans le couloir dont les
lumières s'éteignent, puis, doucement, je sens monter en
moi l'onde de crue d'une haine pure pour la ville, pour sa
rumeur, pour tous ses habitants. J'éprouve soudain le désir
de les tuer, de les tuer tous, sans prendre le temps d'y regarder au cas par cas, sans nuance, sans chercher à voir qui est
bon, qui est méchant, qui est humain, qui est humain à
demi. Je n'en ai même pas l'envie : ils sont tous coupables. Il
ne peut y avoir d'innocents parmi eux. Ils sont la société, la
société dans son mouvement brutal, puissant et irrépressible
comme celui d'un boa qui étouffe une proie. Si j'en avais
eu la possibilité, je sortirais arme au poing et je mitraillerais
la foule à l'aveuglette, comme un terroriste, enivré de ma
haine, de mon dégoût et de ma détermination. Mais je n'ai
aucune arme ; je suis nu et faible comme tout homme devant
ses semblables. Je ne peux rien faire, sinon aller affronter les
regards emplis de bonne foi, d'innocence, de pureté, dégoû-
tants à force d'avoir raison et de toujours souhaiter avoir
raison. Chacun d'eux est une part de la foule qui a déterré
Amadou ; chacun d'eux a participé au lynchage de M. Coly
et du *jotalikat* ; tous ont creusé le puits de silence où la mère
d'Amadou descend chaque jour.

La mer de haine monte encore, bientôt haute, sans décrue possible. Je vais sortir. Je vais sortir et devenir leur pire cauchemar en même temps que ce qu'ils rêvent de voir pour mieux le tuer : un *góor-jigéen*. Je vais sortir, leur causer la plus insoutenable souffrance et leur offrir le plus inestimable cadeau en un seul geste : me métamorphoser en pédé, un pédé qu'ils pourront tout à la fois craindre dans une répulsion viscérale et désirer dans une obscure pulsion de meurtre. Qu'ils me couvrent de crachats, qu'ils me déchiquettent avec leurs dents, qu'ils me brisent les os et me traînent nu par les rues, qu'ils m'injurient et injurient ma défunte mère, qu'ils me jugent indigne de vivre, qu'ils me cassent les dents pour que je suce mieux, comme ils disent, qu'ils me lynchent et m'abandonnent en plein air, viscères au ciel comme une charogne ! Qu'ils me chargent de leur haine comme une mule : ils ne feront qu'ajouter à la mienne avant que j'explose au milieu d'eux et que nous mourions tous dans nos haines crevées comme des ulcères, crevées comme des bouillons d'acide. Ils ne sont pas les seuls à savoir haïr. J'implore : qu'ils fassent de moi le protagoniste d'une vidéo ! Qu'ils m'accordent l'immense privilège de mourir filmé ! C'est ce que je désire. Partir dans la plus formidable déflagration de violence, en emportant le plus de monde avec moi, car c'est ce que nous méritons tous, nous autres, petites créatures qui nous menons une guerre si féroce. Je me sens fort, dépositaire d'une puissance noire et immense qui rend dérisoires les quelques raisons de vivre et d'aimer que j'ai encore : Rama, Adja Mbène et, bien sûr, toi, papa – pardonne-moi ! –, toi que j'imagine déjà à genoux au pied de ma tombe, me déterrant avec tes mains tremblantes en pleurant, toujours déchiré entre ton amour et ta honte...

Je me mets à marcher lentement dans le couloir, en direction de la sortie. Les lumières se rallument et, au même moment, déferle en moi, mêlée à la mer désormais fumante de ma haine, une invincible allégresse. C'est une joie simple, pure, sacrée, qui me donne bientôt de grands coups de bélier au cœur, au ventre, à la tête. C'en est presque douloureux. Mes pas résonnent d'un écho formidable et sinistre dans cet hôpital aux allures de mouroir. Ce sont les pas d'un homme dans le dernier couloir, un couloir si obscur qu'il n'en voit que la lumière du bout, tantôt térébrante, tantôt divine ; et si étroit que le condamné ne peut plus se retourner et faire demi-tour. Je ne peux qu'avancer. Je ne veux qu'avancer. Plus aucun recul n'est possible ni même souhaitable. Avancer, mais vers quoi ? Avance-t-on jamais vers quelque chose ?

Tout à l'heure, j'ai déposé Rama chez elle. Elle voulait rester avec moi. Je lui ai dit que je souhaitais rester seul, vraiment seul, au moins cette nuit. Elle a voulu ajouter quelque chose, mais a fini au bout d'un long moment par m'embrasser sur la joue avant de descendre. Elle est restée debout sur le trottoir, à me regarder avec une sorte de tristesse ; et longtemps après avoir démarré j'ai continué à voir sa silhouette dans le rétroviseur, son regard triste toujours posé sur moi, jusqu'à ce que la nuit l'engloutisse. Sur le siège passager, elle avait laissé une de ses longues dreadlocks.

Avant de venir à l'hôpital, je me suis rendu sur la tombe d'Amadou. J'avais peur qu'on ne l'ait profanée pour le déterrer une deuxième fois. Mais les pierres étaient là, immobiles, délimitant leur espace sacré. Personne n'était venu, personne ne viendrait plus jamais : il était enfin mort. La simplicité de sa tombe m'avait soudain ému, comme si je ne l'avais jamais vue auparavant. Ces quatre pierres m'étaient apparues comme un mausolée somptueux, sans faste. L'idée d'écrire quelque chose m'avait traversé l'esprit. J'avais arraché une petite branche de l'arbre et je l'avais tenue au-dessus de l'espace entre les pierres, dans l'attente des mots que je voulais y tracer en guise d'épitaphe de sable. Le bâton était resté longtemps suspendu au-dessus de la tombe. Rien ne m'était venu ; et pour finir j'avais jeté la branche, en me disant que j'aurais été, moi, le profanateur de la tombe si je l'avais, en écrivant, arrachée à sa beauté virginale.

Le couloir. J'arrive bientôt dehors. En suis-je un ? Oui… Non… Peu importe : la rumeur a dit, décidé, décrété que oui. J'en serai donc un. Je dois en être un. S'ils ont besoin, ceux-là dehors, que j'en sois un pour mieux vivre, je vais l'être, jouer à fond mon rôle et ainsi chacun sera content. Eux de vivre, moi de mourir. Peut-être seulement, après ma mort, se rendront-ils compte du cadeau que je leur ai fait… Ils chanteront mes louanges. Ils baiseront mes pieds froids et embrasseront mon cercueil comme celui des saints. Certains de mes bourreaux, leur colère retombée, diront du bien de moi, sans risques, puisqu'un bon pédé est un pédé mort. L'air chaud de la ville m'embrasse déjà le visage. La rumeur se rapproche. Je lui ouvre les bras comme à un frère. La lucidité… Celle dont parlait

Rama. La lucidité… La voilà peut-être. Encore quelques pas et elle m'aveuglera. J'ai fait mon choix. Tout le monde ici est prêt à tuer pour être un apôtre du Bien. Moi, je suis prêt à mourir pour être la seule figure encore possible du Mal. *evocative end*

Amazing finish.

Cet ouvrage a été achevé d'imprimer
en juillet 2019 dans les ateliers de
Laballery

N° d'imprimeur : 906456
Dépôt légal : avril 2018
ISBN : 978-2-84876-663-8
Imprimé en France